メディアワークス文庫

父娘《おやこ》のおいしい食卓

桑野一弘

目　次

——あなたの、元奥さんが、死にました。

旧友の片言の日本語に、朝霞《あさか》昇《のぼる》は面食らった。電話口で、思わず「え？」と聞き返してしまう。

友人のユーゴはフランス人で、今もパリで暮らしているはずだ。十年前に仕事で面識を持って、以来、公私を問わない関係が続いている。

それでも、突然の連絡はまれだった。しかもその内容が「元妻」の悲劇とは。

「ちょっと待ってくれ、ユーゴ。何が、どうしたって？」

とっさにフランス語が出てこない自分に苛立《いらだ》ちながら、昇は日本語でそう聞き返すしかなかった。最後にフランスに行ったのは、もう五年以上前になる。アリシアとの離婚も、ちょうどその頃。彼女を生まれ故郷のパリに見送って、昇は今日まで滅多に電話もしてこなかった。

相手からの連絡もない。ただ一通「Au《オ》 revoir《ルヴォワール》」というメール以外には。

——大きな事故です。私が、今朝、確認しました。

一方的にユーゴの話は続いたが、昇は満足にそれを理解できなかった。

今し方、大きな商談をまとめたばかりなのだ。海外からのＶＩＰを招いて、ようやく取り付けた本契約。揉《も》めに揉めた案件だっただけに昇の気合いも並じゃなかった。相手が最終的に「イエス」と言った時には、昇も心の中で派手なガッツポーズを取ったものだ。

直後にユーゴからの電話があり、昇は「失礼」と一声言って、商談用のＶＩＰルームを出たのだが。

「ユーゴ、まるで話が見えない。そもそもどうして、妻のことで君が電話することになるんだ？」

――私たちは友人でした。あなたたちが、結婚生活を終えた後も。私は、とても残念に思っています。

「君の友情には感謝している。だからって、アリシアが死んだって？　あの、童話の巨人みたいに頑丈な彼女が？　まさか、そんなこと……」

――私が、今朝、確認しました。

その台詞《せりふ》が二度目だと気づいて、昇はようやく事の重大さを理解する気になった。

商談を終えた相手が「コングラチュレーション」と言って、昇の横を通り過ぎていく。これから商談の成功を祝って、全員で食事をすることになっているのだ。昇は曖味な笑みで返して、友人との電話に集中した。

それからユーゴが語ったのは、怖ろしい現実。

今朝方、元妻の乗った車が追突事故に巻き込まれたこと。

乗用車と大型トラックに挟まれ、ほとんど即死だったこと。

元妻は滅多に運転する機会はなかったが、その日はたまたま、仕事で遠出するためにレンタカーを借りていた。

ユーゴが病院で確認した時、彼女の顔はぞっとするほどに白かった……。

電話口の話を聞くごとに、昇の脳裏に元妻の記憶がぐるぐると回り出す。同時に「なぜ？」という思いが鋭く突き上げてきた。彼女はまだ三十六歳だったはずだ。夢もあった。希望もあった。昇と別れた経緯も、全面的に二人の関係が破綻したせいではなかった。日本語が学びたいからと、結婚後、日本での生活を受《う》け容《い》れてくれた彼女。フランスと日本と、文化の違いに折り合いを付けながら、しなやかに生きた彼女の横顔。六年経《た》って「とても複雑な事情があるの」とアリシアは昇に別れを告げて、故郷に戻る選択をした。

その決断を尊重した結果が、今日の悲劇だったとしたら。

理不尽な思いに苛《さいな》まれながら、それでも昇が考えることは一つだった。

アリシア自身のこととは違う。彼女が亡くなったからこそ、一番に気にかけなければならない問題。

昇は禁断の箱を開けるような思いで、ユーゴにこう問いかけた。

「アヤはどうなる？　俺たちの娘のアヤは――」

第一話　ワケあり父娘とチーズグラタン

昇の朝に、一杯のコーヒーは付きものだった。

濃い目に淹《い》れたブラックコーヒー。リビングの食卓でそれを口にするまでに、昇の身支度はすっかり終わっている。ぱりっと糊《のり》の利いたワイシャツ。椅子の背もたれには、オーダーメイドの背広が掛かっている。長身の昇がそれを着ると、誰もがはっとして昇に見とれた。

手足の長さは、日本人離れしていると自覚がある。頬骨こそ少しがっちりとしているが、全体的には優男風で、通った鼻筋、綺麗《きれい》な額、やや不機嫌そうな目元まで昇の魅力を後押ししていた。

今年で四十一歳になった。

世間的には「オジサン」だが、所帯じみたところがないことにかけては、昇の右に出る者はいない。実際、独身。フランス人の妻とは五年前に離婚しているし、それから特定の女性と付き合ったこともない。白髪染めの必要がないほど黒々とした頭髪に、昇の若々しさが表れていた。

それでも表情に若干の疲労が見て取れるのは、このところ昇が疲れているからだった。洗面所の鏡で髭《ひげ》を剃《そ》り、意気揚々とコーヒーを淹れたまでは良かったが、いざリビングの食卓に着いてみると、どっと疲労が押し寄せてくる。ここしばらくの昇の日常だった。

「食べたくない」

テーブルの向かいで、少女が横を向いている。ふて腐れたような口元が、文句の余韻を見せつけている。

昇を「日本人離れしている」と評する声は多いが、実際、その評価に当てはまるのは昇の向かいの人物だ。産毛《うぶげ》がきらきらと輝く色白の頬。長い睫毛《まつげ》に、アイスブルーの瞳。金髪は軽くウェーブしていて、それを無造作に首の後ろで括《くく》っている。

着ているTシャツは千円の安物だが、それが様になるほどに上半身がすらりとしている。立ち上がってもおそらく、身長で同学年の男子にも引けを取らないだろう。

朝霞アヤ。母親の姓を取れば、アヤ・ミィシェーレ。昇と元妻であるアリシアとの間に生まれた一人娘だ。現在、十一歳。フランスの小学校に当たるエコール・プリメールから編入して、今は日本の小学五年生だった。

アヤの正面には、昇が用意した朝食が整然と並んでいる。和食に馴染《なじ》みは薄いだろうと食パンを主体とした献立だが、かりかりに焼いたベーコン、牛乳と混ぜたスクランブルエッグ。レタスにかかったドレッシングは昇のお手製で、オリーブオイルに塩、ワインビネガーであっさりと仕上げてある。

ホットミルクをお供に添えて、けれどアヤは飲み物以外、決して手を付けようとはしなかった。半熟の玉子をフォークで突いたくらいで、後は椅子の上で冷たい表情を崩さないでいる。

昇は溜息《ためいき》を隠せなかった。

「今日も学校だろう。お腹《なか》が空くぞ」

「そんなことない」

「十一歳って言ったら成長期なんだ。ちゃんと栄養を摂《と》らなくてどうする？」

「あっちでは、朝ご飯は食べなかった」

そう言われてしまうと、昇もそれ以上、踏み込んだことは言えなかった。

半年前まで、アヤはフランスで暮らしていたのだ。文化が違えば、食事の習慣も違う。実際、フランスでは朝食を食べない家庭も多いと聞く。フランス語で朝食は「プチ・デジュネ」と言って、昼食である「デジュネ」のいわば添え物だ。元妻のアリシアも、朝はバゲット一つと後はココアを飲むくらいだった。

とは言え一日の始まりに、娘の仏頂面は見過ごせない。

「なあ、アヤ。いろいろあって、戸惑うのはわかるが……」

「もう時間。小学校に行かなくちゃ」

日仏《にちふつ》の違いをわざわざ強調して、アヤはおもむろに席を立った。背負いの鞄《かばん》を肩に掛けて、大股で玄関へと向かう。昇も慌てて追いかけて、靴紐《くつひも》を結ぶ娘を見守る。

「上履きは持ったか？」「出し忘れてるプリントはないか？」とアヤの背中に問いかけるが、アヤは一向に振り返らなかった。

玄関ドアを開ける刹那、硬い声が短く告げる。

「ほんと、ご苦労様」

ばたんと乱暴にドアは閉まり、アヤの姿は見えなくなった。

その場で嘆息して、昇は天井を仰ぐ。

毎朝のこととは言え、疲れが増すのは道理だった。精力的な若さが売りの昇だが、一気に十歳も歳《とし》を取ったように感じられる。アヤと再び暮らすようになって、もうそろそろ半年が経つ。当初は十歳だった娘も、先月十一歳の誕生日を迎えた。

妻の訃報は突然だった。急転直下でアヤの来日が決まり、昇は心の準備をする暇もなく、娘との五年ぶりの生活を余儀なくされたのだ。

フランスでアヤを引き取れる人間はいなかった。元妻の両親は他界していて、兄弟親戚を含めて疎遠。見かねた旧友のユーゴが「自分なら……」とその手を挙げてくれたが、まさか家庭持ちの友人に娘を押しつけるわけにはいかなかった。何より、自分は歴《れっき》としたアヤの父親なのだ。

娘をフランスから引き離すことに、不安がなかったと言えば嘘《うそ》になる。アヤは五歳から十歳までをパリで過ごした。その間、一度も日本に来たことはない。ハーフとは言え彼女は間違いなくフランス人であり、アヤ自身のメンタリティとしてもそれは揺るぎないだろう。

それでも日本へ連れてくることに踏み切れたのは、少なくとも五歳までを、アヤが日本で暮らした事実があるからだ。アリシアと結婚した後、昇たちは日本での暮らしを選択した。昇の仕事の関係もあったし、アリシア自身が「日本で暮らしたい」と希望してくれたのだ。語学が堪能《たんのう》な彼女はその時すでに日本語も流暢《りゅうちょう》で、さらに来日したフランス人に対して語学教室まで開くほどだった。

アヤが生まれてからも日本語、フランス語の両方を教えることに熱心だったし、それは昇と離婚した以降も変わらず続いていたらしい。そのおかげでアヤは、日本語の会話も漢字の書き取りも十分にこなすことができる。

問題は、突然に変わった環境の方だった。日本は父親の故郷とは言え、アヤにとっては五年ぶり。しかも、その父親とも久しぶりの対面だった。

母親を亡くしたショックからまだ立ち直れていない彼女にとって、環境の変化は辛《つら》いものに違いない。今までの友人たちに別れを告げ、住み慣れた家を離れ、新しい住まい、新しい人間関係、そして異国の教育システム。小学生の子供に、半年で慣れろと言う方が無茶なのだ。

朝食の席での仏頂面も、彼女なりの意思表示。「あっちでは」と強調する声には、新しい環境に馴染めないことへの悲鳴も混じっているはずだ。

とは言え、アヤがつれない態度を見せるのは、それだけが理由ではなくて……。

「ご苦労様、か」

見えなくなった娘の背中が、昇の脳裏に焼き付いている。それは昇に、既視感を呼び起こす映像だった。

いつかもこんなふうに、誰かの背中を見送った経験がある。

それは昇にとって納得ずくのことだったが、そのことで傷ついた人間が確かにいるのだ。アヤとの再会は、それを昇にまざまざと思い出させた。

そう。あれは元妻と娘を、空港まで見送った時のこと――。

＊

空港までの道のりは、昇にとって砂漠を旅するのと同じだった。喉の渇き、耐え難《がた》い苦痛。そして、極限までの孤独。後部座席に、アリシアとアヤを乗せているというのに、ハンドルを握りながら昇は空虚感に苛まれていた。

何度も、ルームミラーで後ろを確認してしまう。二人は手を繋《つな》ぎながら、奇妙なくらいに押し黙っていた。妻の神妙さなら理解できる。けれど、五歳になったばかりの娘が、長い道中ほとんど喋《しゃべ》らないのは、そうすることで昇を責めているようだった。少なくとも、昇は自分の落ち度を理解している。

空港に着いてからも、状況は変わらなかった。今度は母娘《おやこ》が先に立って、後ろから昇が追いかける形。アリシアが引いているキャリーバッグの音が、やけにごつごつと頭に響いた。

「俺が持つよ」

昇が声をかけても、妻は「ノン」と答えるのみだった。大方の荷物は、すでにフランスへ送ってある。後はアリシアとアヤが飛行機に乗ってしまえば済む話なのだ。離婚の話し合いは、すでに半年も前から始まっていた。

「そっちに会いに行くよ」

保安ゲートを前にして、昇は決意を込めて言う。それも話し合いの中で、アリシアと決めたことだった。これからパリで暮らす母娘のために、年に一回は昇が二人に会いに行くと。決して憎み合って別れたのではないのだから、家族の絆《きずな》を大切にしようと、よくよく話し合って決めたのだった。

それは何よりも、娘のアヤを思っての選択だった。

「そうね。それじゃあ、バカンスの時期に」

振り返って、妻のアリシアは短く答えた。娘の金髪と青い瞳は、見事に母親譲りだった。色白の肌。少しウェーブした髪。違いは、やや尖《とが》り気味の顎先か。それも年を重ねれば、アヤも母親に近づくかもしれない。

バカンスという言葉に、昇は神妙に頷《うなず》いた。フランスでは多くの人が年に一回、一ヶ月程度の長い休暇を取る。パリで語学教室を開くと言っていたアリシアだが、夏のバカンスは決して疎《おろそ》かにしないはずだった。

昇はもう一度頷いて、今度はアヤの方へと視線を移した。

母親の手を握りながら、じっと下を向いている。もう一方の手でしっかりとアライグマの人形を抱いて、アヤは昇が話しかけるのを静かに待っているようだった。

つい昨日まで赤ん坊だと思っていた娘も、今ではぐんと身長も伸び、頬がややほっそりとしつつある。本当なら、二年後には日本の小学校へと上がるタイミングのはずだった。ランドセルは何色にしようかと、アヤもその時を心待ちにしていたのだ。

その期待を、親の勝手な都合でぶち壊しにしてしまった。アヤにはいくら謝っても十分ということはない。

「きっと、会いに行くよ」

アヤの目線まで屈《かが》み込んで、昇は真剣な声で言った。

仕事で家を空けることの多かった昇だが、そんな父親に対しても、アヤは屈折したところはなかった。昇が遅くに帰宅すると、真っ先に昇の胸に飛び込んできてくれたのだ。リビングの壁にはアヤが描いた「パパの似顔絵」がいっぱいに張り出されている。娘の愛情を、しっかりと感じることのできた五年間だった。

「本当に……？」

俯《うつむ》いたままで、アヤは小さく漏らした。「本当さ」と答えて、昇は娘の小さな肩にそっと触れた。

「次に会った時、アヤの好きな恐竜の話をたくさんしよう。お土産に、動物の人形も持っていく。きっと、向こうでも友達はいっぱいできるさ。アヤは、誰とでも仲良くできる子だから。新しいお友達の話を、パパに聞かせてくれよ。美味《おい》しい物を一緒に食べて、眠くなるまでお喋《しゃべ》りしよう」

「約束だよ？」

「約束する」

産毛のきらきらしたアヤの頬に触れて、昇は笑って頷いた。

アリシアに手を引かれて保安ゲートの先へ消えていく時、アヤは最後まで昇に手を振っていた。小さな手を何度も、何度も。

結論から言って、アヤがフランスで暮らした五年の間、昇が娘を訪ねることは一度もなかった。ようやくアヤと再会したのは、アリシアが亡くなり、昇が駆けつけた葬儀の場でのこと。

その時すでに、昇を「パパ」と呼んでいた幼い娘は、父親と決して目を合わせようとしない、頑《かたく》なな少女へと成長していた。

一人の朝食を苦々しく流し込んだ後、昇は会社へと向かった。十年来の愛車に乗り込む。ハンドルを握ると、通い慣れた道をほとんど機械的に進んだ。

＊

昇が勤めるのは、東京《とうきょう》に本社を持つ輸入食品の卸会社だ。ユービーフーズ。昇は勤続十七年になる。会社での肩書きは「商品部商品企画課」の課長。チーズやワインなど海外の良質な食材を選び抜き、それを小売店に卸す仕事をしている。

食品関係の仕事に就いたのは、おそらく母親の影響が大きかった。味噌《みそ》から醤油《しょうゆ》から、自分で手作りしてしまうような親だった。一口に言って凝り性。子供の栄養のことも考えていたようで、毎日新鮮な食材で手間を惜しまず調理してくれた。昇にとって家庭の食事は「特別に美味しいもの」という印象がある。

ただ、就職に輸入食品の会社を選んだのは、単純に海外に出る楽しみがあったからだ。子供の頃から、世界中を飛び回るのが夢だった。大学に在学中はアルバイトに勤《いそ》しんで、アジアや東欧の諸国を巡った。その時身に付けた語学力とぶっつけ本番の行動力が、今の仕事に役立ったのは言うまでもない。昇は入社一年目から、会社の花形である「仕入れ《バイヤー》」の部署に抜擢《ばってき》されたのだ。

それから、早十七年。

駐車場に車を駐《と》め、自社ビルの入り口をくぐる。昇の部署である商品企画課は、ビルの三階だった。大股でフロアの中央を行く。

途端に、周囲の空気が変わった。誰もが、すっくと背筋を伸ばす。

「鉄の企画課長」

漏れ聞こえるのは、社内での昇の異名だった。

部署の内外を問わず、社内で昇は一目置かれる存在だった。創業二十五年と業界では中堅どころのユービーフーズだが、会社を今の地位に押し上げたのは、間違いなく昇の鬼神のごとき働きぶりのおかげだ。昇が企画したヒット商品は数知れず、イタリアで発見した地元のスイーツが一時期、日本中の大手スーパー、コンビニの棚を埋め尽くしたこともある。「世界の食材ハンター」と銘打たれ、メディアに取り上げられる経験もしばしば。その時、昇の日本人離れした容姿がもて囃《はや》される一幕もあった。

現在は現場を離れ、課長としてオフィスに居座る昇だが、過去の業績が威光となって部下たちにプレッシャーをかけるのはもちろんだった。

鉄の企画課長の「鉄」は折れない意志の強さであると同時に、部下を圧倒する「鉄面皮」の意味もあるのだ。

この日も、オフィスの奥でむっつりと居座る昇に部下が怖々と話しかけた。

「課長。折り入ってご相談が……」

気の毒なほど恐縮してみせるのは、昇の部下の一人、舛田《ますだ》純一《じゅんいち》だった。入社七年目の二十九歳。商品企画課への配属は半年で、まだまだ見習いの感は否めない。こざっぱりとした髪型に痩せ気味の体格。それでも「良く食べる」という評判で、バイヤー業務に回された舛田だったが、丸眼鏡の奥の表情から今のところ覇気は見受けられない。

「担当している業務のことで、少し行き詰まってしまって……」

「チーズの仕入れか」

間髪容《い》れずに昇は返した。慌てて頷く部下の手元から資料のプリントを受け取る。

ざっと目を通して、自分の記憶に間違いないことを確かめた。

舛田は仕入れ業務の中でも、乳製品を主に担当している。商品企画課のメンバーにはそれぞれ専門のカテゴリーがあり、飲料、加工食品、菓子類など各員が得意分野を絞ることで知識を深めるのが狙いだった。

俺が現場にいた頃は、全領域を横断したものだが……。

ちらりと思ったが、昇は顔には出さずにおいた。自分の働き方が規格外なのは自覚しているところだ。そのままを部下に押しつけても、良《い》い結果は生まないだろう。

「取引先のスーパーに、新しいチーズを卸す企画だったな。それで、めぼしい商品は見つかったのか？」

「先月、海外出張に行かせていただいて、これぞというチーズを発見しました。フランス、ブルターニュ産のセミハードチーズです」

「フランス？」

堪《たま》らず、煩悶《はんもん》が顔に出る。

今朝のアヤとの一件が思い出されたが、「何でもない」と素早く返して、昇は話を続けさせた。

「チーズの味は間違いないと自負しています。現地で食べて、腰が抜けるほど驚きました。職人も、まだ若いですが情熱は本物です。きっとこの先、ヨーロッパ中で話題になること間違いありません。ただ、その魅力をどうやって日本の消費者に伝えたらいいいか、正直わからなくて……」

言いながら、舛田は疲れた表情で項垂《うなだ》れる。さんざん頭を働かせた挙げ句、暗礁に乗り上げてしまったのは間違いなかった。

バイヤーは、ただ商品を見つけてくればいい仕事ではない。目星を付けた上で生産者と交渉し、それを日本に持ち込む算段を整え、スーパーなどの小売店へ確実に卸さなければならない。そこでようやく、消費者の手に届くのだ。

この時、現地の商品をそのまま持ち込んでも駄目だった。特に重要なのはパッケージのデザインで、日本の市場向けに新たに作り直すこともある。消費者の興味を引く絵柄、キャッチーなコピー、何より商品の魅力を際立たせるため、分量や包装などを細かく工夫する必要があるのだ。

バイヤーの腕の見せ所だが、どうも歼田はその袋小路《ふくろこうじ》に入り込んだ様子で……。

「本当に凄《すご》いチーズなんです。地元の酪農家が、一つ一つ手仕事で仕上げて」

「取って付けたような売り文句だな」

「日本の消費者の口にも合うはずです！　近年のチーズの需要は、年々右肩上がりですし……！」

「現物を持ってこい。話は実際に食べてからだ」

力説する部下の声を遮って、昇は一旦、部下を下がらせた。

はっとしてフロアの外に飛び出していった歼田は、三分後、大きなチーズを抱えて昇の前まで駆け戻ってきた。食品の保管室があるビルの一階まで、階段で往復してきたようだ。小綺麗《こぎれい》だったはずの髪型が、汗でべったりと濡《ぬ》れている。

舛田が持ってきたのは、ビニールで包装された大振りのカットチーズだった。お尻がやや膨らんだ三角形で、目方で二百グラム近くある。

それを二つ、どんどん！　と昇の前に置いて、舛田は直立不動で畏《かしこ》まる。まるで受験結果を待つ予備校生のような表情だった。

一度、部下の顔を睨《にら》むように見据えてから、昇は目の前のチーズに手を伸ばした。一つを手にとって、ビニールの包装をぴりぴりと剝がす。剝《む》き出《だ》しになったチーズの端を摘んで、欠片《かけら》を一つ口に運んだ。

すぐに芳醇《ほうじゅん》な香りが広がった。弾力はあるが、適度なばらつきがあって飽きが来ない。チーズ特有の、独特の臭みも気にならなかった。流石《さすが》に、酪農家の手仕事で丁寧に作られた逸品だ。一口だけで、どのワインと合わせようか、生ハムを巻いてみようかと、想像が楽しい。

固唾《かたず》を飲んで見守る部下に、昇は短く質問を投げた。

「どうして、このまま持ってきたんだ？」

「え？」

「俺は『食べてみる』と言ったんだ。なのに、包みも解かれてなければ、カット用のナイフもない。俺は、どうやってこのチーズを食べたらいい？」

指先に付いた欠片をこれ見よがしに払って、昇は部下の顔を真っ直《ま》ぐ《す》に見据えた。

あっと、すぐに気づいたように舛田は顔を青くする。

淡々と、昇は続けた。

「現地の包装の状態を見せたい、というならそれはいい。しかし、チーズはここに二つある。なら、一つは見本として、もう一つはカットするなりして皿に盛ってくるのが当然だろう？」

「それは……」

「おまえはこのチーズを、どんなふうに消費者に届けたらいいか、と俺に尋ねた。しかしその前に、俺にどんなふうに食べさせたいか、そのことをまったく考えていないんだ」

部下の目を見据えて、昇は厳しい声で言った。

食品を扱うに当たって、一番に重要な視点がそれだ。その商品が、どうやって消費者の口に入るのか。食品を輸入する立場にあって、ともすれば隠れた逸品を見つけること、それを安く仕入れることが、バイヤーの仕事だと思われがちだ。一面、それは正しい。けれどもう一つ重要なのは、誰がそれを食べるのか。誰にその商品を食べさせたいのか。バイヤー自身が我がこととして考えられるかどうかだ。それがそのまま、商品と消費者とを繋ぐ橋渡しとなる。

「このチーズを見つけた時、それを口にする誰かを想像したか？ 美味しいと、喜ぶ顔を思い浮かべたか？ 俺たちは確かに大衆《マス》を相手に商売をしている。大量に仕入れて、より多く売る。その過程で、一人一人の消費者の顔を見落としがちだ。そういう時は、必ず基本に立ち返れ。おまえは、誰にこの商品を食べてもらいたい？ その誰かに『美味しい』と言ってもらうには、どんな工夫が必要なんだ？ 徹底的に頭を絞れ。常に誰かの顔を思い浮かべろ。そうすれば自《おの》ずと、この商品は無数の『誰か』の元に届く」

言い切って、昇は改めて部下の顔を見据えた。青ざめていた舛田の頬に、徐々に赤みが増してくる。眼鏡の奥の表情は、もう不安に揺れてはいなかった。バイヤーの本能に火が点《つ》いたようだ。

昇の顔を真っ直ぐ見返して「はい！」と大きな声で返す。

最後は飛ぶように自分のデスクに引き上げていった。これから懸命に、チーズの食べ方とその魅力の引き出し方について思いを巡らすのだろう。

彼の旺盛な食欲が、いかんなく発揮される局面だった。

取り残されたチーズの塊に目をやって、昇は小さく息を吐いた。

部下の経験不足はともかく、質のいいチーズであるのは間違いなかった。味、香り、舌に残る余韻まで上質と言える。バイヤーとして現役の頃、昇も無数のチーズを食べ歩いたが、今まで出会った物と比べて今回のチーズが負けているとは思わなかった。その点、部下は良い目を持っていると言えるだろう。

チーズと一緒に残された、部下の資料が目に入る。

フランス、ブルターニュ産のセミハードチーズ。フランスは言わずと知れたチーズ大国である。チーズの消費量では世界随一であり、日本と比べると十倍、いや、それ以上の差があるとも言われている。各品種の歴史も古く、ロックフォール、カンタルなどの有名チーズは古代ローマの時代まで遡れる逸品だ。

――アヤがこのチーズを食べたら、何と言うだろう？

フランスの名前に、自然と娘の顔が浮かんだ。

何と言っても、チーズ王国、フランスの血を半分引くアヤだ。パリにいた頃は、多彩なチーズを口にしたに違いない。

部下には「誰かの顔を思い浮かべろ」と話したが、今昇が考えるとしたら、それは間違いなく娘の顔だ。

アヤに食べさせるなら、どんなふうにするか。

オーソドックスに、グラタンでいいかもしれない。ごてごてと凝るような真似《まね》はせず、まだ子供なのだからストレートな美味しさを。チン、と焼けたグラタンの香ばしさ。チーズがふつふつと沸く、出来たてのビジュアル。

今度は今朝のように「食べたくない」とふて腐れたりはしないはずだ。笑顔で「美味しい」と言ってくれる。それは、昇が知る五歳の頃のままだった。素直で奔放で、ちょっと親を困らせるのが得意な娘。それでも、誰よりも家族のことが大好きで。

――アヤに、このチーズを食べさせたい。

思うと、居ても立ってもいられなくなった。ほとんど発作のような感覚。

食品を扱う人間としての性《さが》だった。いや、この場合は父親としても。

アヤに美味しいと言ってもらいたい。それで、笑顔になってほしい。心を込めた料理で、アヤには食卓で笑顔でいてもらいたい――！

フロアに定時を告げる電子音が鳴った。時刻は、午後の五時半。

昇は鞄を手にとって、迷わず席を立った。机にしがみつく部下たちは、まだ業務の真っ最中だ。彼らのぎょっとする顔を置き去りにして、昇は颯爽《さっそう》と会社を出る。

＊

都内にある昇のマンションは、築十二年の五階建て。昇の部屋は三階だ。２ＬＤＫの間取りは、娘と二人で暮らすのに十分な広さだった。昇はここで、十年以上暮らしている。

アリシアと結婚した時、二人で借りたマンションだった。その後、娘のアヤが生まれ、妻と娘がフランスに発《た》った後も昇は部屋を変えなかった。

面倒だった、という理由が一つ。より大きな理由としては、会社から車で十分。都内では破格の家賃だったこともあるが、そもそも家というものを、昇が重視してこなかった影響も大きい。バイヤーとして現役の頃、昇は世界中を飛び回って、一年の半分も日本にはいなかったのだ。

結果としてアヤが戻ってきたことで、部屋を移らなかったのは幸いしたが。

リビングに鞄を下ろした時、壁の時計は午後の六時を指していた。学童を終えてアヤが帰ってくるまで、まだ三十分の猶予がある。食事は昇の担当だった。職業柄、料理をする機会は多い。疲れたアヤが顔を見せるまでに、夕食の準備を済ませておかなければならない。

スーパーのビニール袋をテーブルに置いて、昇は早速、調理の準備にかかった。会社帰りに買ったのは鶏肉《とりにく》、玉葱《たまねぎ》、マッシュルーム。マカロニは常備しているので、買い物リストには加えなかった。そして、今回のメインは……。

「流石に大きすぎだな」

会社から持ち帰ったチーズを、ごろりとテーブルに転がす。手摑《てづか》みで試食した物だから、昇は丸ごとを買い取ることにしたのだ。幸い部下の手元には、手付かずの現物がもう一つある。

とは言え、アヤと二人で消費し切るにはなかなかの分量だ。ナチュラルチーズは足が早い。気前よく使ってしまうことにしよう。

紺色のエプロンを引っ張り出して、ワイシャツの上から巻く。手洗いを済ませた後で、食材の下拵《したごしら》えに取りかかった。

「玉葱は薄切り、マッシュルームは厚めにカット……」

手早く包丁を入れて、切った食材はトレイに移す。鶏肉は一口大に切り、やや強めに塩を振った。チーズの味が濃厚なので、塩味が薄いと鶏肉の味がぼやけてしまうのだ。

続いて、フライパンにたっぷりのバター。溶けたところで鶏肉を入れる。皮目にしっかりと焼き色を付けるのが肝要だった。

「皮がぶよぶよだと、アヤが文句を言うからな」

アヤが日本に戻ってきて間もない頃、鶏の照り焼きを夕食に出して、やはりそっぽを向かれた経験がある。「悪魔みたいな歯応え」と焼きの甘かった皮目に、アヤは失望の表情を浮かべたのだ。娘の軽蔑の視線は耐え難かった。

ある程度、鶏肉に火が入ったところで、玉葱とマッシュルームを投入。玉葱がしなっとしたのを確認して、一旦火を止めた。

家庭でグラタンを作る場合、手の込んだホワイトソースなど用意する必要はない。本格的な洋食ならレストランで食べるに限るし、何よりそこまで手間をかけなくても、手軽にソースは作れるのだ。

「薄力粉大さじ二、と」

計量スプーンで計って、炒《いた》めた具材の上にぱらぱらと振りかける。弱火で丁寧に掻《か》き混《ま》ぜた。ここでよく混ぜておかないと、水分を加えた時、だまになってしまいがちだ。

続けて、数回に分けて牛乳を入れる。しっかりと掻き混ぜながら、フライパンの中でとろみが付くのを待つ。ふつふつと牛乳が沸き始めたところで、仕上げの生クリーム。ほどよく小麦粉の溶けたソースは、簡易的とは思えない出来栄えだった。

同時進行で鍋にかけていたマカロニを、少し固めのうちにざるへ上げる。この辺りは各々の好みだ。熱々のソースの中に入れて、塩胡椒《こしょう》で味を調える。

フライパンの中身をグラタン皿へ。

ここでいよいよ真打ちの登場だった。ブルターニュ産のセミハードチーズ。職人の手仕事で丁寧に作られた極上の逸品だ。スライサーでソースの上に落とすと、生クリームに負けない濃厚な香りが立ち上った。普段は市販のミックスチーズで済ませてしまう昇だが、今日は特別なご馳走《ちそう》にすると決めた。

「問題は、振りかけるチーズの量だが……」

あまり調子に乗りすぎると、塩気と酸味が際立ってしまう。具材の旨味《うまみ》を引き出したところで、調味に失敗しては台無しだ。とは言え、こんもりとしたチーズはわかりやすく美味しそうに見えるが……。

「ええい。今回は、見た目重視だ」

もりもりのチーズが、アヤに受けるのは間違いなかった。少々の塩分は見過ごすことにして、ここはビジュアル勝負が正解だろう。これでもか、と大量のチーズをグラタン皿に振りかける。

最後に、パン粉を適量。適度な焼き目と、フォークを入れた時のぱりっとした感触が決め手だった。

二百三十度に予熱したオーブンに入れて、約十分。

その間に、キャベツのコールスローとバゲットのスライスを準備する。半分フランスの血を引く娘は、やはりパン屋で買った焼きたてのバゲットに目がないのだ。

全ての準備を終えて、手の空いた時間で洗い物を済ませる。

ピーと、オーブンが完了の合図を鳴らしたと同時に、玄関戸の開く音がした。控えめな「ただいま」という声と共に、廊下を進んでくる娘の気配。

リビングの戸を開けた瞬間、アヤも普段と様子が違うことに気がついたようだ。いつもなら昇の顔を見ようともしないが、今日はその青い目でリビングをきょろきょろと見回している。

「グラタン?」

チーズの匂いを嗅ぎ取ったのだろう。短くアヤが問いかける。

エプロンの紐《ひも》を解きながら、威厳たっぷりに昇は答えた。

「まずは、手を洗ってきなさい」

食卓に本日の夕飯が並んだ。大皿のグラタンを中心に、キャベツを酢と砂糖で和《あ》えたコールスロー、トースターで焼き直したバゲット。デザートにヨーグルトを付けるのは、元妻の遺言のようなものだった。アヤはフランスに滞在中、食後のヨーグルトを欠かさなかったらしい。

とまれ、主役はグラタンだった。オーブンから出してみると、焼き加減は完璧。チーズはふつふつと音を立て、パン粉には適度な焼き目が付いている。何より、その濃厚な匂い。アヤがすぐ気づいたのも頷ける話で、ナチュラルチーズを使ったグラタンは芳醇な香りが格別だった。大皿からはみ出すほどにチーズを載せたのも大正解だ。

手洗いを済ませたアヤが、昇の正面に座る。相変わらず表情は硬いが、頬がわずかに上気している。喉を鳴らすのを、ぐっと我慢しているのかもしれない。

「いただきます」

昇が言うと、小さくアヤも繰り返した。この辺りのマナーは、元妻がしっかりとしつけたらしい。確かフランス語に「いただきます」に当たる言葉は、なかったと思うが。

よそよそしくアヤがコールスローに手を付けている間に、昇は大皿からアヤの分をよそってやった。できるだけチーズをたっぷりと。焼き目のぱりっとした食感を感じてもらいたい。

「熱いからな」

アヤの前に置いた時、昇の忠告を娘はたぶん聞いていなかった。フォークを手にして、グラタンの一口目を掬《すく》う。ゆらゆらと上がる湯気に戦《おのの》きながらも、大きな一口でぱくりと食べる。

「美味しい」

素直な声が漏れ聞こえた。熱さに少し口元をすぼめているが、大きな瞳がきらきらと輝いている。幾分前のめりになったのは、昇の勘違いではないだろう。アヤの視線はずっとグラタンに釘付《くぎづ》けである。

「会社から、フランスのチーズを持ち帰ったんだ」

「フランスの?」

「ブルターニュ産。牧草地の広がる一帯で、とても酪農が盛んなんだ。職人が、手仕事で一つ一つ仕上げてる」

「ブルターニュなら、ママと旅行で行ったことがある。牛がいっぱいで可愛《かわい》かった」

「普段から、チーズはよく食べてたのか？」

「ううん。週末とか特別な日だけ。近所にチーズのお店はたくさんあったけど、普段はスーパーで済ませることが多かったし」

珍しく続いた、娘との会話だった。昇も今日まで可能な限り声をかけてきたつもりだが、アヤ相手には暖簾《のれん》に腕押し。

一方で、グラタン一つでこうまで変わる娘の心境。やはり、美味しい食事の力は偉大だった。

昇もグラタンを食べてみることにする。自分の皿に移して、フォークを入れる。ぱりっと、狙った通り表面の裂ける音がした。適度な大きさの鶏肉とマッシュルーム。くたくたの玉葱と一緒に口に運ぶ。

アヤの言う通り「美味しい」の一言だった。芳醇なチーズの香りと若干の酸味。それが濃厚なソースの味を適度に和らげてくれる。たっぷりとチーズを使ったのは正解だった。味付けにコンソメを入れてない分、チーズの塩分が絶妙なアクセントになっていた。飽きずにばくばくと食べられる。レストランの洋食は少しくどい印象もあるが、自宅で作れば工夫次第で家庭向きの一品になるのだ。

バゲットと合わせて、ますますフォークを持つ手が進む。

見ると、アヤも夢中でグラタンを頬張っていた。自分でお代わりをよそって、すでに二皿目を平らげつつある。不機嫌そうに玉子を突いていた、今朝の様子とは大違いだった。表情にいくぶん硬さは残っているが、きらきらとした目の輝きなどは完全に無邪気な子供のそれだ。アヤがまだ十一歳であることを、昇は久しぶりに思い出した気分だった。

そういえば、アヤは食べるのが好きな子だった……。

正面の笑顔をかつての記憶と重ねながら、昇はふと振り返る。まだアリシアが家にいて、娘と三人で暮らしていた頃。その時、食事の当番は、昇とアリシアの分担だった。二人とも仕事をしていたから、余裕のある方が率先して家事をこなすルールだったのだ。両親どちらの食事も文句を言わず食べてくれた当時のアヤだが、特に昇が夕飯を作る時は喜んでくれた。娘の笑顔を見たさに、つい手間とお金をかけてしまうのが、昇の悪い癖だった。「普段の食事はカジュアルでいい」と妻からよく苦言を呈されたものだ。

その時の娘の笑顔。無邪気にはしゃぐ声。

長らく忘れていたものだった。昇が自分から手放したもので、今さら望むべくもないはずだったが、数奇な運命から、またアヤは昇と一緒の食卓に着いている。彼女がふて腐れるのも無理はなかった。現在の状況に、娘には一つの責任もないのだ。

だからこそ、自分ができる限りのことを――。

昇が娘をフランスに見送った事実は覆らない。何より死んだ妻は帰ってこない。それでも家族として、父親として、昇にはアヤを幸せにする義務があるのだ。

せめて、食事くらいは楽しい時間を。

「アヤがフランスに行ってからのことだが……」

あらかたグラタンが片づいたところで、昇は思いきって切り出した。空気をアヤも察したのだろう。跳ねるように動いていたフォークがぴたりと止まる。

構わず、昇は続けた。

「一年に一度、こっちからフランスに行くって話だった。アリシア……ママとは別に嫌い合って別れたわけじゃないから、これからも家族でいようと。何より、俺自身がアヤに会いたかった。別れ際に、アヤと約束した」

五年前のことを、アヤがどれだけ覚えているか。空港の保安ゲートの前で交わした約束。「きっと会いに行く」と昇は誓ったはずだった。

あるいはアヤは、ずっと忘れていなかったのかもしれない。

だからこそ、昇には硬い態度を……。

「結局、俺は一度も会いに行けずじまいだった。アヤがフランスにいた五年間、俺は電話一つしてやれなかった。それに関しては、本当に申し訳なかったと思ってる。父親として、俺はアヤに顔向けできない」

「……」

「ただ、会いに行こうとはしたんだ。実際、計画も立てたし、飛行機のチケットも取った。アヤがフランスに行ってから最初の夏。俺もパリを訪ねるつもりだったんだ」

「でも、会いに来なかった」

「アリシアに止められたんだ。いや、それも俺の責任だが……俺は仕事の合間に、アヤに会いに行こうと考えたんだ」

当時、昇はまだ現役のバイヤーだった。社内ではエースと目され、業界でも一目置かれる存在。メディアから「世界の食材ハンター」と囃《はや》し立《た》てられ、昇自身、浮ついていた自覚がある。それでも、誰よりも働いているという自負は間違いなかった。実に一年の半分以上も、昇は日本を離れ、世界中を飛び回っていたのだ。

そんな昇に、長い休暇を取ることは難しかった。しかも、アヤが住んでいるのはフランスだ。二、三日の連休くらいで済む話じゃない。そんな時、フランス出張の話が持ち上がった。良質な岩塩を探し求めるミッションだったが、お誂《あつら》え向《む》きなことに、ちょうどそのタイミングでパリのアリシアが夏のバカンスを取る計画だったのだ。

フランス人のバカンスは長い。特に夏の休暇は彼らにとって重要なイベントで、約一ヶ月の間、多くの人が仕事や学業を離れ、家族と余暇を楽しむのだ。

夏のバカンスの日に会いに行くよ——。

アリシアに打診して、昇は早速、仕事のスケジュールを調整した。出張は一ヶ月を予定しているから、少なくとも五日くらいはアヤとの時間を確保できるはずだ。

しかし、元妻から返ってきた答えは、意外なことに「ノン」だった。しかも、強烈な「ノン！」

「バカンスの日に、仕事のついでで来るなんて考えられない。私たちのバカンスは、完全に仕事から離れるためのものよ？　都会の喧噪《けんそう》を離れ、煩わしい人間関係からも解放されて、ゆったりと心と体を休める。あなたは私たちのバカンスに、仕事の電話とスケジュールを持ち込むつもりなの？」

「それは……だけど、こっちの事情も考えてくれ。日本には、まとまった休暇を取る習慣はないんだ。そんなことをしたら、仕事を干されてしまう。君も日本で暮らしたことがあるんだから、その辺りの事情はわかるだろう？」

「あなたらしい返事ね。結局、あなたは変わらなかった。そんな気持ちじゃ、アヤに合わせる顔なんてないはずよ。あなたは父親として相応《ふさわ》しくない」

「アリシア！」

「私たちのバカンスを邪魔しないで。もうフランスには来なくていい。アヤには『パパは仕事の都合で来れなくなった』とだけ伝えておくわ」

日本語で交わされたはずのその議論に、昇は言い返す言葉を失っていた。元妻の主張は頑なで、昇には付け入る隙が見当たらなかったのだ。

結果として、昇はアヤたちのところへ訪ねる計画を取りやめにした。二年後も三年後も、昇は娘たちの元を訪ねる余裕を持てなかった。仕事の合間では、またアリシアに「ノン」を突きつけられるに決まっている……。

「それでも、会いに行くべきだったと思う。仕事のついでと言われようと、一日でもアヤの顔を見に行けば良かったんだ。だけど当時の俺は、そうするだけの意気地がなかった。結果として、アヤには誕生日やクリスマスのプレゼントを送るくらいしかできなかった。顔を見せないで、白々しいと反省してる」

「ママは、プレゼントは渡してくれた。日本からよ、と言って。でも、バカンスの日の話は、一度も話してくれたことがなかった」

「全部、俺の責任だ。二人には二人の生活がある。ちゃんと関わる努力をしなかったのは、俺の方なんだから。だけど、これだけはわかってほしい。俺はアヤとの約束を忘れたわけじゃない。会いたくないなんて、決して思ったわけじゃないんだ。今回、アヤともう一度一緒に暮らすことになって、俺は嬉《うれ》しいと思ってる。ママのことは言葉にできないくらい悲しいけれど、アヤとの生活を俺は嫌だなんて思ってないんだ。アヤのためにご飯を作ることも、学校の心配をすることも、出がけに忘れ物がないか確認することも。だから……『ご苦労様』なんて、もう言わないんでほしいんだ」

言い尽くして、昇は黙った。じっと正面のアヤを見る。

父親の話を聞き終えて、アヤは静かに目を伏せていた。フォークからは手を放している。もう残り少ないとは言え、グラタンはおおかた冷めていた。

「Ｏ《ウ》ｕｉ《イ》」

控えめな声で、アヤは答えた。

ウィ。つまり、「了解」の意味だ。

アヤが本音で話をする時、決まってフランス語になることを、昇はこの半年の経験で知った。アヤについて昇の知ることができた、数少ない知見の一つだ。これからはそういう「家族の絆」みたいなものを、少しずつ増やしていければと思う。

「デザートにしよう」

言って、昇は冷蔵庫からヨーグルトを取り出した。

「蜂蜜はなくてもいいか？」と尋ねた時、アヤは鋭く「ノン」と答えた。その言い方が元妻にそっくりで、昇は少し笑ってしまった。

第二話　娘に捧げるガレット

会社における、昇の最も重要な仕事は「審査」だ。

それも、最終的な決定権。

「没だ」

容赦なく告げて、部下の顔を見据える。

乳製品担当の舛田は、目に見えて気落ちしたらしい顔つきだった。今にも、世界が終わりそうな表情をしている。先日、ブルゴーニュ産のチーズにはゴーサインが出たばかりだったが、今回提出したジャージー牛のヨーグルトは、全く昇のお眼鏡には適《かな》わなかった。

一口だけで、部下を後ろに下がらせる。

「次」

戦々恐々とするのは続いての社員。手にしたソーセージの詰め合わせが、ぷるぷると震えてるようだった。恐怖はさらに後ろへと伝播《でんぱ》していく。鉄の企画課長の「審査」はその後、一時間にわたって続けられ……。

定時と共に、昇は会社を出た。

フロアの部下たちはいつも以上に疲れた顔だが、昇はさして気にならない。愛車のハンドルを握って、一路、自宅のマンションへ。

本日は買い物の予定はなかった。昨日の夜に拵《こしら》えたビーフカレーがまだ残っているのだ。今日はターメリックライスにチーズを塗《まぶ》して、カレードリアにする算段。スパイスの利いたカレーも、アヤの好物の一つだ。

「ふっ」

自然に笑みがこぼれて、ハンドルを持つ手に力が入る。

誰かが待っている食卓というのは、やはり良いものだった。独身生活が長い分、そのありがたさが身に染みる。それが可愛い娘との時間であればなおさらだった。

アヤが日本に戻ってきて半年。

当初はぎくしゃくしていた父娘《おやこ》関係も、今では少しずつ改善の兆候を見せ始めている。まずは目を合わせてくれるようになったし、心なしか口数も増えた。流石に「パパ！」と手放しで歓迎してくれる素振りはないが、少なくとも昇を「同居人」として認めることをアヤは決断してくれたようだ。朝一番の「おはよう」が、いくぶん柔らかく耳に響いた。

このまま、アヤが穏やかに過ごしてくれればと願う。

昇との関係以上に、日本の生活に馴染むことが娘には何より大事なのだ。母親の死をきっかけとして、アヤは望まぬ形で日本に戻ってきたのだから。

そのためにできることなら、昇は何でもするつもりだった。

以前のように、仕事一筋ばかりではいられない。仕事ばかりにかまけたことが、元妻との離婚、そして五年の間、アヤと一度も会えなかった原因でもあるのだ。

明日の夕飯は何にしよう。

すでに、先のことに考えが広がる。

笑顔のある食卓。それこそが、アヤを幸せにする近道のはずだ――。

＊

「食べたくない」

思ってもみない、娘の台詞だった。

いつもの朝の食卓。

本日のテーブルに並んだのは、食パンとゆで玉子とヨーグルト。食パンの上にはスライスしたバナナを載せて、とろっとバターで仕上げてある。ヨーグルトに混ぜた蜂蜜は、知り合いの業者おすすめの逸品だった。育ち盛りの娘にとって栄養、味ともにこの上ないメニューだと昇は自負している。

ところが、当のアヤはそれに見向きもせず……。

「具合が悪いのか？」

飲みかけのコーヒーを脇に置いて、昇は正面の娘に問いかけた。少なくとも昇が見た限りで、アヤの顔色に不調の色はない。

「別に、どこも悪くない」

「なら、何か悩みがあるとか」

「悩みなんてない」

娘の仏頂面に、昇は一呼吸置く。味のしないコーヒーを飲み干してから、慎重に切り出した。

「なあ、アヤ。きちんと話してくれないと……」

「なんで、私が話さなくちゃいけないの？　私が子供だから？　それとも、日本に戻ったばかりだから？　変に心配されるのは迷惑。私だって、ちゃんと考えてるの」

「その考えを話してくれなくちゃ、アヤに寄り添えないだろう。俺はただ、アヤの手助けがしたいだけだ。何か、困ったことがあるんじゃないか？」

「部屋が狭い、ゴミ箱が小さい、時々、言葉が通じなくていらいらする」

「そんな些末《さまつ》な問題なら……」

「ほら、私を子供だって決め付けてる！　聞く気がないなら、初めから心配なんてしないで！」

鋭く言い放って、アヤは椅子から立ち上がった。

もう朝食には目もくれない。一応小さく「ごちそうさま」と呟《つぶや》きはしたが、追《お》い縋《すが》ろうとする昇を振り切ろうとする頑なさがあった。

鞄を持って玄関へと向かう。ほどなく乱暴にドアを開ける音がして、娘の気配は遠ざかっていった。時刻は、午前八時ちょうど。アヤの登校時間だ。

「やれやれ、だ」

と呟いて、漏らした声以上に昇の動揺は深刻だった。

取り残された朝食たちが、恨めしそうに昇を見ている。

元《もと》の木阿弥《もくあみ》。アヤとの気まずい食卓はやはり継続中だった。一時は改善したと思ったものが、時に、こうして爆発する。

とは言え、悲観するばかりでもないのだ。以前は「ウィ」と「ノン」の二種類しかなかった。まさに暖簾に腕押し。アヤに話しかける時、昇は濃い霧を相手にする心境だった。

それが、最近では手厳しく言い返してくる。言葉尻は激しかったが、そこは「自己主張」の本場フランス仕込み。元妻も「議論好き」では譲らなかったが、その血を確実に引いて、アヤも口にする文句は立派なものだ。そこだけは、娘なりの歩み寄りだと昇も期待したい。

問題は、依然として埋まらない父娘の溝だった。

主張するのは大歓迎。けれど、その内容が全く昇には理解できなかった。悩みはない、と口では言う。部屋がどうの、ゴミ箱がどうの。その類は、アヤの本音ではないと流石にわかる。

だとすれば、アヤが何に苛立っているのか。そこのところを、昇はうまく汲《く》み取《と》れないのだ。だから、そんな父親にアヤも苛立つ。苛立つほどに、ますます昇は理解できなくなる。そんな悪循環が、朝食の席を支配して……。

いっそ、怒鳴ることができたら、と昇も思う。

世間一般の父親らしく、威厳のある一喝を。

けれど、そうした事情が許されないのは、昇に負い目があるせいだった。アヤを今の状況に追い込んだのは誰か。少なくとも、親子の関係を一度は絶ったのはどちらなのか。

思うほどに、娘に強く出られない昇だった。

一歩ずつ歩み出るしかない。アヤが苛立たない距離感で。

それでまた拒絶されれば、最初からやり直すのだ。堂々巡りの食卓。胃が重くなる生活は、これからもしばらく続きそうだった。

*

家を出るまでに、昇は三度毒づくことになった。

一度目は、娘の分がまるまる残された食卓に。二度目は、早朝から自宅にかかってきたセールスの電話に。

乱暴に受話器を置いたところで、洗濯物を洗いっぱなしにしていることに気がついた。昨日までどんより曇り空だったから、今日は洗い物をまとめて洗濯機に叩《たた》き込んだのだった。それが、とっくに終了の合図を告げている。

ベランダに出てタオルを干しながら、

「どうしてうちの洗濯物は、こんなにタオルが多いんだ？」

と、埒《らち》もなく毒づいた。

バスタオルだけで、全部で六枚ある。一人暮らしの時は、そうそう洗濯物も溜《た》まらなかった。週末にまとめて干せば済む程度だ。仕事用のシャツはクリーニングに出せばいい。

ところが家族が一人加わると、洗濯物とのイタチごっこだった。毎日洗濯機を回さないことには、とても生活に追いつかない。出勤時間のぎりぎりでも、容易にベランダから離れられないのだった。

会社に出勤した後も、昇は肩の荷が下りないままだった。

いつもの鉄面皮に、さらに眉間の皺《しわ》まで加わる。すると、部下たちの動揺はいっそうだった。眉間に寄った皺を見て、「すわ、課長はお怒りだ」「いやいや、新しいプロジェクトを思案中に違いない」「まてまて、まさか次期社長に就任か……」と、それぞれ想像がたくましい。昇の咳払《せきばら》い一つで、部下たちの心臓が一段跳ねる。

実のところ、昇の脳内にあるのはアヤとの朝の一件なのだが、それを部下たちに悟らせる昇でもなかった。昇の家庭事情は、社内でもごく限られた人間しか知らないトップシークレットだ。

午前中を書類仕事に費やして、昇は自分のデスクを一歩も動かなかった。

昼の休憩が近づいて、ようやく書類から顔を上げる。昼食に何を食べようかと考える気も起こらなかった。アヤの通う小学校でも、そろそろ給食が始まる時間のはずだ。

「課長」

なお深くなる眉間の皺に、ようやく部下の声が届いた。硬い表情のまま、視線を向ける。見ると、長身の部下がデスクの前に立っていた。

「ご無沙汰しております、課長」

「戻ったのか。坂丸《さかまる》」

昇の問いに、部下の日焼けした顔がにかっと笑った。

坂丸珠樹《たまき》。三十二歳。入社一年目の、いわゆる転職組だ。前職は都内のスーパーの総菜担当だった。取引を通じて昇は坂丸の存在を知り、その仕事ぶりからユービーフーズに引き抜いた形だ。

バイヤーの肩書きは半人前だが、現場経験の長い叩き上げだった。

「焼けたな。イタリアの日差しはきつかったか?」

「日中、ブドウ畑の手入ればかりでしたから。ただ、暑いのきついのというのは、学生時代に慣れてます」

白い歯を剥き出しにして、坂丸はもう一度笑ってみせる。そうすると、まるで高校球児のようだった。スポーツ刈りの短い髪。線は細い印象だが、ごつごつした頰に力強さがある。身長も昇と同じくらいあって、手足の長さはそれ以上だ。

その恵まれた体格で坂丸は高校時代、ハンドボールの全国大会で準優勝までしたらしい。その後は都内のスーパーに就職。持ち前の明るさから、客の評判も上々だったと聞く。

「おかげさまで、本当にたくさんのことを学ばせてもらいました。バイヤーとしての心得。輸入食品を扱うことの難しさ。何より、ワインの奥深さを」

「ワインは難しいぞ。作り手も、客も厳しいからな」

「思い知らされましたよ。何しろ、ろくに言葉も知らない国で一ヶ月ですから」

そこだけは辟易《へきえき》とした表情で、坂丸は苦笑してみせる。

新人研修と称して、昇がイタリア行きを命じたのが約一ヶ月前のことだ。イタリアはトスカーナ州にあるワイン醸造所。そこで住み込みの「留学」を経験することが、商品企画課、酒類担当者の恒例行事となっていた。

坂丸の実家は酒屋を営んでいる。一通りの知識に加えて、生まれ持ったアルコールへの耐性。坂丸を前の職場から引き抜いて、昇は真っ先に商品企画課の酒類担当にすると決めた。今回は輸入食品を扱う者として、基礎を固めるための研修だった。

逞《たく》ましさを増した部下の顔に、昇は皮肉な視線を向ける。

「ジョバンニ氏の指導は堪えたろうな。彼は、トスカーナでも指折りのワイン醸造家だ」

「畑仕事に、醸造所の清掃。一日中ワインの飲み比べをやった後で、夕食でもしこたま飲まされた時は、流石に地獄を見ましたよ」

「氏は、トスカーナでも指折りの肝臓の持ち主だ」

「課長に『よろしく』と言っていました。『俺を酔い潰したのは、後にも先にもおまえだけだ』と」

「懐かしい話だ」

「ジョバンニ氏から、お預かりしているワインがあります。よろしければ、早速試されますか？」

部下の誘いに頷いて、昇は席から立ち上がった。

おそらく新作ワインの売り込みだろうが、懐かしい話を聞いて、昇の喉にも疼《うず》くものがあった。部下の背中に続いて、一階の食品保管室へと向かう。

一階の保管室には、ユービーフーズが扱う多種多様な食品が集められていた。パンにチーズに加工食品。ワイン専用の倉庫もあって、試飲に使う商品などはそこで保管することになっている。扱いが非常に難しいのも、ワインが持つ特徴の一つだ。

倉庫からボトルを一本持ち出して、坂丸は恭しく掲げてみせた。

標準サイズの濃い緑色。表面のラベルに、ブランド名と生産者、ブドウの収穫年などがびっしりと書き込まれている。

「赤ワインか」

「はい。ジョバンニ氏の新作『ファットリア・ラ・テッラ・フレスコ』です」

ラベルの正面を昇に向けて、坂丸がブランド名を読み上げる。

ワインの名前は、醸造所の名前がそのまま当てられることが多い。ワイナリーの評価が直接、味の評価と結びつけられているからだ。

ジョバンニ氏がオーナーを務める「ファットリア・ラ・テッラ」は、創業百年を誇る歴史ある醸造所の一つだ。伝統的なイタリアワインを生産しており、中でも赤ワインの評価は高い。生産量が限られることから、滅多に地産圏内から持ち出されることはなかったが、そこを昇が三年かけてようやく日本向けに輸出してもらったのが、ジョバンニ氏との付き合いの始まりだった。以来、五年間、ファットリア・ラ・テッラからは極上のイタリアワインが毎年届けられている。

「ブドウの品種として、サンジョベーゼを使用しています。それから、爽やかさが特徴の新しい品種を複数ブレンド。濃厚ながら、後味がすっきりとした赤ワインに仕上がっています」

「品種のブレンドは、ジョバンニ氏の得意技だな」

「トスカーナ州の伝統でもあります。複数品種のかけ算。それが奥行きのある味わいと、イタリアワインならではの多様性を実現しているのです」

研修の成果を披露するように、坂丸がソムリエ顔負けの口上を述べる。

とにかく口にしてみるのが先だった。

目線で促して、部下に試飲の準備をさせる。

ワイングラスを用意すると、坂丸はソムリエナイフを取り出した。ぽんと小気味よい音の後、真っ赤な液体がグラスに注がれる。ぴったりグラスの三分の一。グラスの余白部分が、ワインの芳醇な香りを引き立てるのだ。

丁重にグラスの脚を持って、昇はワインの色合いを確かめた。綺麗な赤。白い壁をバックにすると、透き通るような明るさがあった。一流のソムリエは、色合いだけでおおよその味が想像できるという。

軽く揺らして、グラスに鼻を近づける。爽やかな果実味。熟成はまだ若いようで、すっきりとした香りが際立つ。

実際に口に含んだ。穏やかな酸味。後から来るのは、果実やミネラルなどの複雑な味わいだ。タンニンの渋みが、適度に抑えられているのが特徴だった。喉に通してもすっきりとした印象が一番に残る。

「美味《うま》いな」

素直に、賞賛の声が漏れた。

赤ワインというと、どうしても重たい印象を持たれがちだが、適切な品種の選択によって、濃厚ながらエレガントな味わいに仕上げてある。それでいて、安っぽさを感じない。流石にトスカーナでも指折りの醸造家、ジョバンニ氏が手塩にかけたワインだった。これなら、日本の消費者にもきっと受けがいいはずだ。

どのように売り込むかは、担当するバイヤーの腕の見せ所だった。

「坂丸。おまえ自身の印象は？」

「カジュアルに楽しめるワインだと思います。『ファットリア・ラ・テッラ』のワインは基本的に高級志向ですが、今回ジョバンニ氏は普段使いのできる、デイリーワインを目指したと話されていました。そのために、ブドウの品種から見直したと」

「ワイン造りは、ブドウの品質が九割だからな」

「ワインは土地の芸術品……ジョバンニ氏の口癖でした。だからこそ、ワインの醸造家は自ら畑を耕し、ブドウの世話を通して、理想のワインを追い求める。その姿勢には脱帽です」

坂丸の言うように、良質なワインを造るにあたって、畑仕事は欠くべからざる工程だった。ワインの原料は、ブドウのみ。それがビールや日本酒など、仕込み水の善《よ》し悪《あ》しに味が左右される、他の醸造酒との大きな違いだった。

そのために、ワインの醸造家はブドウの育成に心血を注ぐ。

その年のブドウの育成具合が、そのままワインの味に反映されるのだ。

「特にジョバンニ氏が気を遣っていたのは、ブドウを育てる土地の状態でした。どんなに良いブドウも、環境次第で味が損なわれる。今回、新しいワインを造るにあたっても、品種の選定にはかなり苦労されたようです。赤ワインの濃厚さの中に、アクセントを付けるほのかな酸味。これぞと思うブドウの品種を見つけたまでは良かったのですが、それを自分の畑に移植する段になって、大きな問題に直面しました。どうしても理想の味に育たないと」

「育てる畑の違い。『テロワール』だな」

「はい。環境の違いが、ブドウの味を変えてしまったんです」

ワイン造りの最も難しいところだった。

テロワールとは専門用語で、ブドウの育成に関わる自然環境の全体を指している。土壌の性質、栄養分、あるいは斜面の角度や方位。日照時間や降水量も含めて、全てが出来上がるブドウの味に直結するのだ。

これは、同じ品種を育てる場合でも同様だ。たとえ、全く同じ品種を使ったとしても、そこで出来上がるブドウの味は土地の環境に左右される。よく「ワインの当たり年」などと言われることがあるが、これはテロワールによって、その年のワインの味が大きく変わってしまうことの証左でもあるのだ。

遠くトスカーナに思いを馳《は》せるように、坂丸は語る。

「何がブドウの味を損なっているのか。ジョバンニ氏は徹底的に試行錯誤を繰り返しました。肥料を変えて、間引きの量を調節して、ある年は南向きの畑から、別の方角にブドウを移し替えることまで試したと聞きます。結局、新しい品種が畑に馴染むまで三年。ようやく今年になって、『ファットリア・ラ・テッラ・フレスコ』の完成に至りました」

「苦労の跡がわかる味だ。だからこそ俺たちは、その職人の心意気をしっかりと汲み取る必要がある。イタリアでの一ヶ月で、それを学んでほしかった」

「はい」

「しかし、ここに大きなジレンマがあることも忘れてはならない。輸入食品を扱うバイヤーとして、俺たちは宿命的な矛盾を抱えているんだ」

「矛盾？」

「土地が変われば、ブドウの味まで変わる。だとするなら、そのワインを外国に持ち出そうとする俺たちの仕事はなんだ？　環境によって商品の質も変わる。俺たちがやっていることは、実はその商品にとって致命的な綱渡りかもしれないんだ」

買い付けを行う者として、肝に銘じなければならない教訓だった。

その商品は、その土地で生まれた物に違いなかった。その環境で育まれ、地元の人間の口に入る。それを外に持ち出して、果たして品質が変わらない保証があるか。

実際のところ、品質は大きく変化するのだ。

ワインを例に取れば明らかだった。温度、湿度、紫外線の量。ワインは様々な外的な影響を受けやすい。よく「ワインに旅をさせるな」と言うが、それくらい繊細なのがワインという飲み物だった。それを、外国に持ち出すとしたらどうか。船で運ぶにしても管理には万全を期さねばならない。ちょっとの振動でも、ワイン内の沈殿物が浮遊して、劣化の原因になりかねなかった。

だからこそ、バイヤーは「覚悟」と「責任」を持たねばならない。自分たちのしていることが、商品を変質させてしまうかもしれないという覚悟。そして、そうであるがために、最後まで商品に寄り添うのだという責任。その二つを肝に銘じながら、バイヤーは日夜、商品と向き合っていかなければならないのだ。

商品を取り巻く、テロワールの理解と共に。

「良い商品を探す、というのはいい。まだ見ぬ逸品を見つけ出し、それを日本の消費者に届けるのが俺たちの仕事だ。しかし、その一方で商品が抱える様々なジレンマを忘れてはならない。その商品は、本当に地元から持ち出して良いのか？ それを外に出すことで商品の品質自体を損なわないか。あるいは品質が変わらないにしても、作り手の熱意と哲学を、決して裏切ってはならない。輸入食品を扱うバイヤーというのは、いつだってその責任と覚悟を持って……」

言いながら、昇の脳裏に過ぎるものがあった。

環境の変化？ それを引き受ける責任？

思い浮かぶのは決まって、食卓の仏頂面だった。

アヤが否応《いやおう》ない変化に晒《さら》されているとしたら、果たしてその責任は……。

「――ッ」

肩が震えたのは、胸元のスマートフォンの振動のせいだった。

取り出して、画面の表示にまたぎょっとする。

坂丸が気遣わしげな視線を向けてきたが、昇は「以上だ」と切り上げて、すぐにその場を離れた。

廊下に出たところで、スマートフォンの応答ボタンを押す。

聞こえてきたのは、聞き慣れない男性の声だ。

——もしもし、朝霞アヤさんのお父さんでいらっしゃいますか？

「父の昇です。アヤに、何か？」

——申し遅れました。私はアヤさんの担任で福井《ふくい》と申します。実は、アヤさんが早退を希望してまして。

「早退？　まさか、アヤの具合が」

——いえ、体調は悪くないようなんですが。

「だったら、なぜです？　アヤは何と言ってるんですか？」

——それが、アヤさんが言うには、学校で給食を食べたくない、と。

＊

タクシーを飛ばして、自宅まで十分とかからなかった。ワインを飲んでいるので、まさか自分で運転するわけにもいかない。

会社には早退を申し出て、そのまま部署のフロアを後にした。午前中、鬼のように書類仕事に精を出したのが幸いした。突発的なトラブルでもない限りは、昇が不在でも部下たちは問題ないだろう。中には、ほっとしている人間もいたかもしれない。

とにかく、家に戻るのが先決だった。

タクシーの座席に座りながら、昇は自然と今朝のことが思い出された。考えてみれば、今朝からアヤの様子はおかしかった。いつもの仏頂面。そう決めてかかっていたが、アヤの気持ちがわからないという時点で、親としてもう少し気を回すべきだったのだ。アヤが限界を迎える前に。

学校からは、アヤをそのまま帰宅させると聞かされていた。体調に問題はないようなので、昇も担任教師の言葉に従った。

マンションに戻ると、すでにアヤの顔があった。

その様子にはっとする。アヤの目は、泣き腫らしたように真っ赤だった。頬に、涙の跡も見て取れる。

学校から帰って、そのまま自分の部屋には戻らなかったらしい。なぜ、アヤがリビングのソファに留《とど》まったのか。顔は下を向いたままだったが、娘が抱えている感情を昇は痛いほど理解できた。

ソファの近くに歩み寄って、アヤの目線まで屈み込む。ぐすんっという鼻息が聞こえたが、いきなり早退した娘のことを、昇は責めようとは思わなかった。

「学校で給食を食べなかったんだな」

「……うん」

「昼食は家で食べたかったんだな？」

昇が確認すると、躊躇《ためら》いがちに、アヤは小さく頷いた。

──学校で給食を食べたくない。

電話でそう聞かされた時、昇ははっと思い出したことがあった。

食事に関するフランスの習慣。いつだったか、元妻のアリシアが故郷の小学校の様子を話してくれたことがある。

その話によれば、フランスの小学校では昼食は学校で食べるとは決まっていない。自宅か学校か選べるシステムで、生徒は昼休みの時間に、家に帰ることも許されているのだった。そのために昼休憩は、実に二時間も取られている。

「何でそんな面倒を」

と当時、元妻から聞かされた時は思ったものだが、それがフランスの文化を象徴しているると元妻は語るのだった。

「フランス人は、何よりも家族の時間を大切にするの。学校に預けて、それきりじゃないわ。私たちは学校であったことを、昼食の席で親に話すの。そうして、もう一度学校に戻る。もちろん親からすれば面倒ではあるけれど、それは掛け替えのない時間の一つだわ。むしろ学校にずっと居続ける日本の方が、私には不自然に思える」

ようするに、教育に対するお国柄の違いだった。

一度登校すれば、下校までは基本的に校内を出ることがない日本の学校。一方でフランスの教育は、いわば家庭と地続きであり、緩やかな線引きの中で子供たちは学校という時間を過ごすのだ。

どちらが良くて、どちらが悪いかという話でもなかった。

それぞれの国にはそれぞれの文化があり、それが学校教育にも反映されているというに過ぎない。

大事なのは、その二つの差に引き裂かれているアヤの現状だった。日本に戻って半年。すでに文化の面では順応しているように見えた彼女も、実際のところはまだ戸惑う場面も多かったのだ。だから、給食の件で苦しんでいた。きっと朝食の仏頂面は、昇に対する娘なりのメッセージだったのだ。

それを、昇は汲み取ることを怠った。

悩んでいると理解したところで、「父娘の溝」とある種、割り切ってしまっていたのだ。しかしながら、問題はあくまで昇の過失だ。アヤが何に苦しんでいるのか、本人が泣き出すまで理解してやることができなかった。

何が、バイヤーとしての覚悟と責任だ。

部下に講釈を垂れながら、当の昇が少しもそれを果たせていなかった。土地が変われば、ブドウの味も変わる。だとすれば、アヤをフランスから連れてきたのは誰か。娘に対する全責任は、果たして誰が負っているのか。

アヤを取り巻くテロワール。

昇が想像する以上に、アヤは環境の変化に苦しんでいたのだ。

「すまなかった。俺がちゃんと気づくべきだった。うまくいっているように見えても、アヤの中では苦しかったんだよな？　だから今日だって早退した。そのことが悪いなんて、俺は少しも思わない。むしろお門違いの気遣いをしていた、俺の方に問題がある。環境が変わって、アヤは一人で戦っていた。その努力に、俺は甘えていたんだ」

切々と訴えかけて、昇はアヤの顔を覗《のぞ》き込んだ。

　まだ涙の余韻を引《ひ》き摺《ず》りながら、アヤは微《かす》かに顔を上げる。ちらりと昇を向いた視線は、その内に本来の勝ち気さを滲《にじ》ませていた。

「別に、本当に学校で食べるのが嫌なわけじゃないの。最初は苦しかったけど、それは仲が良い友達もいなかったから。学校の中に閉じこめられたみたいで、ずっとお腹が痛かった。それもちょっとずつ慣れてきたし、本当言えば、日本の給食だって美味しい。ママが作ってくれた料理とは違うけど……」

「ああ。アリシアのバゲットサンドは絶品だった」

「私はただ、学校で食べるのが当たり前だって思われるのが、嫌だっただけなの」

　はっきりと口にして、昇の目を見据える。たぶんそれが、アヤが本当に訴えたかったことだった。

　こちらの当たり前を押しつけること。そのことに、勝ち気な娘は反発していただけなのだ。あるいはそうすることで、自分の不安を誤魔化そうとしたのかもしれない。

「すまなかった」ともう一度言って、昇はアヤに頭を下げた。

　涙を拭いて、アヤは左右に首を振った。もうこだわらない、という彼女の意思表示だ。娘らしいつんとした表情が浮かんだのを見て、昇もようやく安心する。

　安心すると、急に腹の虫が鳴った。

考えてみれば、昇もアヤも満足に昼飯も食べていない。

アヤの目を見て、こう提案した。

「ちょっと遅いが、昼飯でも作るか」

＊

「顔を洗う」と洗面所に向かったアヤを見送って、昇は台所に立った。

ワイシャツの上から、エプロンを着ける。

ゆったりと料理をしてる余裕はなかった。

時刻は午後の一時過ぎ。アヤは給食を食べずに帰ってきたのだし、昇も会社でワインを一口飲んだだけだ。腹の虫が、早急に食べ物を求めている。

となると、手早く作れるものが良かった。家にあるもので、さっと済ませられるような。加えて、アヤが喜ぶものがいい。今回はアヤを苦しませてしまったのだから、そのお詫《わ》びも兼ねて、アヤには元気になってもらいたい。娘自身にも馴染みがある料理がいいだろう。

手早くできて、アヤが喜びそうなものと言えば……。

「ガレットだな」

思いついて、ぱちんと指を鳴らした。

フランス家庭料理の定番だ。そば粉の生地に、肉や野菜などの具材を載せて焼き上げたもの。本来は「薄く丸く焼いた料理」全般を指す言葉だが、日本人に馴染みがあるのは生地の上にハム、チーズ、卵を載せたいわゆる「ガレット・コンプレット」だろう。フランス北西部、ブルターニュ地方の郷土料理。確か、アヤも好物の一つだったはずだ。まだ昇が元妻と暮らしていた頃、休日のランチには、デザートを添えたガレット・コンプレットが定番だった。

冷蔵庫を開けて、材料を見繕う。卵に、ベーコン、ミックスチーズ。昨日の残りのぶなしめじも使ってしまおう。流石にそば粉は見当たらないが、薄力粉で十分代用できる。他に牛乳、バターがあれば問題なし。

最初に具材の準備を進める。

ぶなしめじは石突きを落として、手で細かく房を分ける。ベーコンは適量を薄切りに。次いで、温めたフライパンに具材を投入する。ベーコンから油分が出るので、油を引く必要はなかった。また、ベーコンは塩分が強いので味付けも最小限に。

「きのこが香ってきたな」

フライパンから立ち上る煙に、昇はうっとりと目を瞑《つぶ》る。ぶなしめじ等《など》のきのこ類は、具材としてもそうだし、旨味の元としても優れた食材だ。きのこに含まれるグルタミン酸は、昆布の出汁《だし》からも取れる日本人にはお馴《な》染《じ》みの旨味成分である。しっかりと香りを引き出すように、ぶなしめじの表面に焼き色を付ける。

具材の準備が済んだら、次に生地の作成だった。

そば粉の代用は薄力粉……問題ないと胸を張ったが、一つネックなのは焼き上がりの食感だった。小麦粉では、ガレット特有のパリっとした妙味に仕上がりにくい。でろでろの生地など作ったら、フランス人ならば暴動ものだろう。

これ以上、アヤの不興を買うのはごめんなので、昇は何とか知恵を絞った。

ボウルに薄力粉を振るって、牛乳、水を混ぜ合わせる。小麦粉「一」に対して、水分が合計「二」になる分量。泡立て器で掻き混ぜると、ちょっと不安になるくらいしゃばしゃばだったが、ここで臆してはいけない。水分の比率を多くすることが、生地をぱりっと仕上げるための秘訣《ひけつ》なのだ。ひとつまみの塩を入れて、下味を付ける。

最後に、仕上げにかかる。

フライパンを十分に加熱。バターを溶かしたら、丸めたキッチンペーパーでしっかりと伸ばした。

お玉一掬い分の生地を落として、フライパン全体に広げる。火加減は強火。すぐに生地が固まるので、左右にフライパンを傾けて均等な厚さを目指す。

端の方が固まりだしたら、火を弱めるサインだった。手早く、具材を生地の上に載せる。さらにその上から、たっぷりのミックスチーズ。中央をわざと凹《へこ》ませて、そこに卵を割り入れると安定する。今回は見事、綺麗に卵の黄身が収まった。

蓋をして、後は待つだけ。

卵が好みの固さに仕上がれば、ガレット・コンプレットの完成だ。

「もう一品、いけそうだな……」

壁の時計に目をやって、昇は手順の間合いを計った。

調理を始めて、まだ十分ほど。アヤも洗面所から戻っていない。せっかくなら、デザートも用意したかった。フランスの食卓を目指すなら、食後の甘味は不可欠だ。どんなに忙しい時も、元妻は前菜のサラダ、メインの食材、それからチーズやヨーグルト等のデザートの準備は欠かさなかった。

ぱっと思いついて、片手鍋を準備する。

台所の棚から、リンゴを一つ取り出した。三玉百五十円の投げ売り。そろそろ表面が黒っぽくなっている。一個を八等分して、皮は全て落とした。鍋の底に並べて、たっぷりの砂糖を入れる。普段、あまりスイーツ系は作らない昇には、ぎょっとするような砂糖の量だが、おそらくそれが味の「非日常」の境界線なのだろう。

火にかける前に、リビングの方へとって返した。

台所に戻った時、昇の手には一本のボトルが握られていた。

「ジョバンニ氏に感謝だな」

呟いて、遠くトスカーナに思いを馳せた。

ジョバンニ氏の売り込みのワインだが、個人的な贈り物でもあるので会社から持ち帰ったのだ。一度栓を開けてしまったワインは劣化が早い。自宅で消費しようと考えたのだが、ワインには他にも使い道がある。

ボトルを傾けて、鍋の中になみなみとワインを注いだ。

リンゴのコンポート。こちらも、フランス家庭料理の定番だ。

カットしたリンゴに砂糖と赤ワイン、場合によってはシナモンなどの香料を加えて鍋でぐつぐつと煮込むだけ。仕上げにレモン汁を振れば、口当たりも穏やかな立派なデザートが出来上がる。

「とは言え、ジョバンニ氏には内緒だが」

手塩にかけたワインをランチのデザートにされたと知ったら、気難しいジョバンニ氏がへそを曲げないとも限らなかった。もちろん、このことは部下にも秘密だ。

気を取り直して、料理の仕上げにかかる。

ワインを注いだ鍋を、弱火で水分が飛ぶまで煮込む。時間にすると、二十分から三十分。ちょうどガレットを食べ終えた頃、鍋が煮詰まる計算だった。

フライパンから、ふわりと小麦粉の匂いが香る。

そろそろ、ガレットも食べ頃だ。

蓋を取ると、とろりとした半熟の玉子が仕上がっていた。


食卓の準備を整えると、アヤが洗面所から戻ってきた。

タオルで何度も拭いたせいだろう。涙の余韻はもうなかったが、目尻の辺りが摩擦で赤くなっている。それを指摘するとアヤは不機嫌になるだろうから、昇は黙っていることにした。静かに、フォークとナイフをテーブルに並べる。

「ガレット？」

尋ねてくるアヤに、昇は鷹揚《おうよう》に頷いた。声の中に小さな歓声が隠れている。やはりアヤにとって、ガレットは馴染み深い料理のようだ。ミニトマトとベビーリーフで彩ったひと皿に、アヤは目を輝かせている。

皿に移したガレットは、四方の端を小さく折り畳んだ。そうすると、生地の端のぱりっとした食感が際立つのだ。ガレットの仕上げ方には真ん中で折ったり、三角にしたりと色々あるのだが、今回は中央の玉子を際立たせるのが狙いだった。

見るからに、とろりとした半熟の黄身。その周りに塗されたチーズ。具材のベーコンもぶなしめじも、食欲をそそる良い焼き色だ。

「いただきます」と言うのももどかしそうに、早速アヤはナイフとフォークに手を伸ばす。流石に慣れた手つきで、ガレットの生地を切り取った。

口に運んだ時、きらきらとした目がさらに大きく見開かれた。

「美味しい」

素直な声が漏れる。

ガレットは生地の食感、具材の旨味、玉子の風味を味わう料理だ。切り分け方次第で、それをいかようにも楽しむことができる。最初はぱりぱりの生地を味わって、徐々に具材の水分でしっとりとした、もちもちの生地を味わうのもいい。具材をそのまま食べても美味しいし、生地に挟んで一緒に口に運ぶのも自由だった。堅苦しさがいらない分、気の置けないランチにはぴったりなのだ。

「ハムじゃなくてベーコンなの？」

一口目を飲み込んだ後で、アヤはぽつりと指摘する。

本来の「ガレット・コンプレット」はそば粉の生地にハム、チーズ、卵のみを載せたシンプルな料理だ。当然、そば粉の不在にも気づいただろうが、真っ先に具材の種類を話題にするのは、流石に元「パリジェンヌ」である。

「俺は、ベーコンを入れる方が好きだな。食いでがあるし、塩分が強いからガレットの生地にも合う」

「うん。しょっぱいからどんどん食べたくなる。きのこを入れたのも好物だから？」

「それは単純に冷蔵庫の残りだ」

「ママがよく余り物でガレットを作ってくれた。でも、チョコとチーズを載せただけって、それってクレープだよね？」

「思い切りの良さが、彼女の良いところだったから」

フォローにならないことを言って、昇は苦笑した。

確かに料理の腕は悪くない元妻だったが、食べる人間のことをあまり考えないところがあった。「三日連続シチューとパン」などと、平気でやるような人なのだ。それに文句を言うと「日本人だって、毎日お米と味噌汁《みそしる》ばかりじゃない」とやり返されるのが落ちなのだが。

アヤがフォークの手を進めた。

ぱりぱりの生地を楽しんだところで、いよいよ中央に進出する。半熟の玉子。そこに大胆にナイフを入れて、とろりとした黄身を割る。生地の上に、黄色い輪が広がった。それを器用に掬《すく》い上《あ》げて、生地、ベーコン、きのこと一緒に口に運ぶ。

「C'est《セ》 très《トレ》 bon《ボン》!」

フランス語が出たということは、アヤの最上級の賛辞だった。

意訳すると「美味しすぎる！」との感想だ。口の端に付いた黄身を、ぺろりと舌で舐《な》める。

昇も続いてみることにした。玉子の部分にフォークを入れて、黄身の風味と共に生地を味わう。ぶなしめじも一緒にすると、重厚な旨味の連続だった。しっかり焼き色を付けたぶなしめじ。その香ばしさと、玉子の黄身の滑らかさ。塩加減を少なめにしたのも正解だ。ベーコンを多めに使ったので、その塩気だけで食が進む。

小麦粉の生地も問題なさそうだ。流石にそば粉の風味、焼き菓子にも似たぱりっとした食感には届かないが、家庭のフライパンで作るなら十分合格点。その証拠に、本場を知るアヤの口からも、生地への苦情は聞こえてこない。

二人とも勢いよくガレットを食べて、あっという間に皿の上が片づいた。食べ盛りの娘からしたら、まだまだ物足りないくらいだろう。黄身の染みが付いた皿を、名残惜しそうに眺めている。

「デザートがあるぞ」

言って、昇は席から立ち上がった。

ぱっと輝いたアヤの表情に、昇はしてやったりの視線を返す。

そろそろ、ワインが煮詰まる頃合いだ。台所の方から、赤ワインの濃厚な香りが漂ってくる。

リンゴの色合いを確かめて、昇はコンロの火を止めた。砂糖を含んだワインがカラメル状に変質している。ロゼワインを思わせる淡いリンゴの色味。お玉で触ると、適度な弾力が残っていた。

小皿に移して、仕上げにレモン汁を数滴落とした。これで、ぐっと味が締まる。本来は粗熱を取った後で冷蔵庫で二時間ほど寝かせるのだが、出来たても決して悪くない。何より、アヤがこれ以上待ってくれないだろう。

食卓に出すと、アヤのうっとりとした顔が待っていた。

アヤと同時に、昇も煮詰めたリンゴにフォークを入れる。熟した桃のような感触。

口に運ぶと、広がるのは芳醇なワインの香りだ。完全にアルコールは飛んで、独特の濃厚さだけが残っている。

その風味が、リンゴの甘みとほどよく調和していた。あれだけ砂糖を使ったというのに、全く甘ったるい感じがしない。甘さはあるが、上品な口当たり。これなら職人のジョバンニ氏もきっと納得するだろう。

「ねえ、ヨーグルトはある？」

皿の半分ほどを食べ進んだところで、アヤがそう聞いてくる。昇が頷くと、弾《はじ》かれたように席を立った。冷蔵庫を開けて、プレーンタイプのヨーグルトを持ち出す。スプーンで掬って、リンゴの脇にたっぷりのヨーグルトを添えた。

「流石に、味がぼやけるんじゃないか？」

「ちがうの、さっぱりしてて美味しいの。フランスではみんなこの食べ方だよ」

「しかしな……」

懐疑的な声を無視して、アヤはヨーグルトと一緒にリンゴを頬張る。またもや「トレビアン！」と本音が飛び出して、アヤの顔は満足そうだ。

恐る恐る、昇も娘のやり方を真似てみる。一掬いしたヨーグルトと一緒に食べると、思わず「美味いな」と声が漏れた。

「でしょ？」

と言ったアヤの顔が、悪戯《いたずら》っぽく笑っていた。

第三話　荷が重いトンカツ弁当

朝霞家の休日は穏やかだった。

土曜の午後。リビングには、昇の淹れたコーヒーの香りが漂っている。仕事と違って、特にコーヒーにこだわりは持たない昇だ。ブラックであれば、インスタントでも構わない。喫茶店に通うというのも、昇には無縁の習慣だった。自宅のテーブルで過ごす、この時間が至高なのだ。

最近では、娘の存在があればなおさら……。

「Allez《アレ》!」

ソファから、激した声が放たれる。

昇も思わず、手にしたコーヒーを取り落としそうになるくらいだった。離れたテーブル席から見守って、昇は素知らぬ顔を決め込む。

休日のソファには、珍しくテレビを占拠するアヤの姿があった。発した言葉は、意訳すると「頑張れ!」くらいの意味だが、言った本人の形相はただの応援を超越している。

テレビに映るのは、柔道の国際大会の模様だった。会場は東京ということで、中継にも熱が入っている。そのリポーターの熱意を凌駕《りょうが》して、画面の一挙手一投足に集中しているのが、小学五年生のアヤだった。

「Sois courageux《そこで負けるな》！」

一方の選手が投げ飛ばされそうになって、すかさずアヤの怒声が飛ぶ。

本音が出る時、フランス語になるのはいつもの癖だが、それくらい熱中して試合に入り込んでいるのだろう。短パン、Tシャツのラフな格好。癖のある髪を後ろで縛って、テレビのリモコンをぶんぶんと振り回してるのが昇には心配の種だった。

そろりと、アヤに問いかける。

「なあ、アヤ。どっちを応援してるんだ？」

「どっち？」

「日本の選手と、フランスと」

今まさに畳の上で決戦を繰り広げているのは、重量級の日本代表とフランス代表の選手だ。日本人の方が坊主頭。フランスの選手は黒人で、道着の上からでも筋骨隆々な肉体が見て取れる。両者の技が決まりそうになるたび、アヤは悲鳴に近い声を上げるが、どっちを応援しているのか昇には判然としなかった。

「柔道が上手な方」

画面から目を離さず、アヤは身も蓋もない言い方をする。

「そりゃ、そうだろうが……」

「柔道は技術と人間性のぶつかり合いだもの。国籍なんて関係ないでしょ？」

ぴしゃりと言って、後は応援に集中する。

昇としては、日本とフランス、どちらにもルーツを持つ娘のメンタリティを聞いてみたかったのだが、国際経験豊富なアヤには愚問だったらしい。「ＪＵＤＯ」はすでに、ワールドワイドな競技だった。

アヤの「柔道好き」は、昇も以前に聞かされていた話だった。フランスにいた頃からのフリークらしく、試合を観戦するだけでなく、アヤ自身が八歳から柔道の教室に通っている。日本に戻ってきてからも近所の道場のお世話になっていて、国際大会の中継があれば、ご覧の通りの熱の入れようだった。

女の子が柔道……とは、昇のやや偏った感想である。単純に怪我《けが》が心配。身長はあっても、線の細いところがある娘に、柔道着が似合うとはどうしても思えない昇だった。嘘かまことか、幼い頃から柔道をしていると、肩幅が広くなってしまうとも聞いた。今のところアヤにその兆候は見られなかったが、一人娘を持つ父親にとって、投げるだ絞め落とすだと怪我の多いスポーツは、どうしても受け容れられない心情があるのだった。もちろんそんなことを口にしたら、アヤはへそを曲げるに決まっているが。

「Pourquoi te recules-tu ?《どうしてそこで後ろに下がるの？》 Attrape sa manche !《袖を掴んで！》 Ce sera une faute si tu tombes par toi-même !《ああ！自分から崩れたら反則になる！》」

画面に見入りながら、依然、アヤの厳しい声が飛ぶ。

試合は激闘の末、フランス人選手の勝利に終わったようだった。鮮やかな内股が決まり、日本人選手の体が畳の上に叩き付けられる。「一本！」の声を聞いた時、坊主頭の選手の悔しがり方は相当なものだった。

「あーあ、残念！」

ソファに身を投げ出して、アヤも悔しそうに足をばたつかせる。どうやら本音では日本の選手を応援していたらしい。クッションに顔を埋めながら、まだぶつぶつと文句を言っている。

「ねえ、どうして日本の選手は後ろに下がらないの？」

ぱっと頭を起こして、アヤがそう聞いてくる。

今の試合内容に、納得できないところがあったらしい。

「日本の選手の方が、先に『技あり』を取っていたの。それなのに前に出続けて、結局相手の逆襲を食らった。逃げ切れば、そのまま勝ちだったのに」

「前に出るのが武道の志なんだろう。相手に背を向けない。サムライの発想だな」

「でも学校の男の子は、逃げるのを何とも思わないよ？　私が意見を言っても『関係ないだろ』って相手にしないもの。それって、ずるいことでしょ？」

「まあ、日本人全員が黒帯を持ってるわけじゃなし……」

言いながら、苦しい言い訳だな、と自分でも思った。

それぞれの国民性が発揮されるのが、スポーツにおける国際大会の場だ。一方で武道を説きながら、日常ではだらしない日本の男たち。フランスから帰国したばかりの娘には、その点が奇異に映るようだ。

しかし、学校でアヤはそんなふうに男子とやり合ってるのか。

「そうだ、アヤ。来週のアヤの試合だが」

思い出して、この際に昇は聞いてみることにした。

アヤが週に一回、日曜の午後に通っている柔道教室。それが来週、地区の小学生の大会に参加するらしいのだ。高学年の部でアヤも出場すると、道場の先生から話を聞かされていた。

「なんで知ってるの？」

アヤの反応は過敏すぎるほどだった。

ソファから立ち上がって、テーブル席の昇を睨む。

「それは、月謝の話をした時に」

「見に来なくていいから」

ぴしゃりと、昇の出鼻を挫《くじ》く。

鼻白むが、昇も引き下がるわけにはいかなかった。

「来週の日曜、仕事が休みになったんだ。本当は、部下の出張に付き添う予定だったんだが。考えてみれば、俺は一度もアヤの試合を見たことがない。道着を着てるところさえ記憶にないんだ。せっかくだから、この機会に……」

「だから駄目。見に来られると困るから」

「どうして」

「変に力が入るでしょ？　普段と違う目があるだけで、ちゃんとした実力が発揮できないかも。それに他の子たちだって、誰も親が見に来るなんて言ってない」

「他の家は関係ないだろ」

「関係あるの！　いいから、絶対に見に来ないで！」

突き放すように言って、アヤはテレビの電源を切る。そのままリビングを出て、自分の部屋に戻るようだった。足取りが、階下に響くくらい荒々しかった。

うーん、と一人、昇は考え込む。

相変わらずの頑なさだった。妙に弁が立つところは、やはり元妻の遺伝によるものだろう。それに昇が上手《うま》く言い返せないところも含めて、これは朝霞家の宿命なのかもしれない。

ともかく、娘に拒絶されるのは、やはり心に堪えた。

女の子が柔道……と内心思いながら、それでも応援したいのが親心なのだ。怪我の心配があるなら、なおさらこの目で見守りたい。アヤに言ったように、今まで一度も本人が柔道をしている姿を見たことがなかったから、今回の試合が良い機会になると思ったのだ。

だからこそ出張がなくなったのは、もっけの幸いだった。いよいよ、アヤの応援に行ける。

しかし、こうも反対されてしまうと……。

＊

翌週。

平日の午後、昇は公園のベンチに座っていた。

空は快晴。都内でも比較的大きな公園なので、平日でも人出は多い。ジョギングを楽しむ中高年や犬を連れている人などが、さっきから昇の前を往来している。

ちらちらとした木漏れ日を見上げながら、それでも昇は仕事の真最中だった。

今日は部下を連れて、取引先に行った帰り。本来は部下自身の仕事だったが、少し気弱なところがある部下は、昇の同行を強く希望したのだった。

同行して正解だったと、昇も思う。取引先に頭を下げながら、若い部下はほとんど泣き顔同然だった。仕事上の行き違いに関して、釈明に訪れた今回の取引先。新進気鋭の若手オーナーが経営するレストランだけに、その対応も厳しいものだった。

部下の手配した商品が、急遽《きゆうきよ》取引先に卸せなくなってしまったのだ。昇の目には部下の過失が二割、偶発的な事故によるところが七割以上を占めている問題だったが。

何とか相手の譲歩を引き出して、取引先を出たのがほんの十分ほど前だ。

会社に戻る途中で、昇の方から「昼飯を食っていこう」と提案した。時刻は、午後の二時を回っている。取引先では昼食がどうのと言い出す雰囲気ではなかったし、重苦しい話し合いの後、部下にはちょっとした息抜きが必要だと思えた。このまま会社に帰っても、おそらく部下は気が休まる暇などないだろう。

どこか店に寄るのも面倒なので、通りかかった公園のベンチで弁当でも食べると決めた。部下は今「美味しいお弁当を探してきます！」と、近くの大通りまで懸命に走っているところだ。

この際、弁当の味にはこだわらないが、一人部下の帰りを待ちながら、昇が考えるのはやはりアヤのことだった。

今週に入ってから、ふと気づくと、娘の問題に思いを馳せる自分がいる。試合を見に来ないで——端的であるが、問題の根が深いのは、昇自身がどうしても「試合を見たい」と思ってしまうところ。アヤの勇姿は、親として何としても押さえておきたい場面の一つだった。道場の先生の話では、線が細いながら、アヤの技のキレはなかなかのものだと言う。

しかし、アヤは断固として拒否。

昇が話題にしようとするだけで、ぷいっと顔を背けてしまう始末だ。無理強いすれば、以前のようにまた気詰まりな食卓も……。

アヤの気持ちも、わからないわけではない。自分のテリトリーに親がしゃしゃり出て、気恥ずかしいというのは思春期の必然だ。昇も子供の頃、通っていたスイミングスクールに親が見に来るたび、顔を赤くした記憶がある。

そうでなくても、アヤはまだ微妙な状況だった。日本の生活に、ようやく慣れ始めている。一方で、戸惑う場面もまだまだ多い。先日の給食の一件などが良い例だった。その辺はやはり、まだ昇の親としての気遣いが必要だ。

柔道は、アヤがフランスに住んでいた頃から続けていた習い事。思い入れは強いだろうし、彼女自身でないとわからない心の機微もあるだろう。そこに昇が土足で踏み込んで、アヤが反発したくなる気持ちもわかる。

わかる。わかるのだが……。

「課長、お待たせしました」

息せき切った声に、現実の公園に引き戻される。

ベンチの横に、肩で息をする部下の姿があった。コンビニの袋をぶら下げて、どうやら公園まで走って戻ってきたらしい。こめかみに、大粒の汗まで浮いている。

立華可恋《たちばなかれん》。商品企画課、唯一の女性社員だ。

年齢は二十八歳。部署に配属されて今年で四年目だった。新人とは言えないが、ベテランにはまだまだ遠い。「中堅」の役どころを期待されている彼女だったが、今のところ、その期待に応えられているとは言い難い。

「コンビニのお弁当で良かったんでしょうか？　課長のお食事に……」

「別に、毎日ご馳走を食べてるわけじゃないさ。コンビニ弁当でも問題ない」

「幕の内弁当と、唐揚げのお弁当がありました。課長はどちらにされますか?」

「買ってきた人間が、好きな方を選べ」

「はあ……」

昇が促すが、部下は自分からは選べない様子だった。

気を遣って、昇が唐揚げ弁当を取る。幕の内弁当の方が、小柄な彼女には合いそうだった。

立華を見て昇がいつも考えるのは、その学生然とした容姿だった。しっかりと化粧はしている。肩よりも短く切りそろえられた髪。ブラウンのジャケットに、同色のパンツ。パンプスも決して安物ではなく、おそらく買い替えたばかりの新品だろう。

それでも若干の緩さが見えてしまうのは、彼女の自信なさげな表情によるところが大きい。つぶらな瞳を不安そうに揺らしている。おちょぼ口に、人形のように細い首筋。小柄な体は、スーツを着ているというよりは着せられているという印象で、社会人として六年目ながら、まだまだあか抜けたところが見られないのだ。

どうやら本人も、そのことを気にしている様子だった。

「今回は、本当に申し訳ありませんでした」

ベンチに並んで座りながら、立華が気落ちした声で言う。

幕の内弁当を膝に載せたが、プラスチックの蓋を開ける気力さえなくしている。

「私の不注意で……」

「会社を出る前にも言ったが、立華の全面的な過失でもない。不慮の事故による影響の方が大きい。一元的に、自分を責めるのは間違った判断だ」

「でも」

「食品の輸入にトラブルは付きものだ。特に、取引を始めて日も浅い案件は。まあ、だからこそ、予備的な注意が必要になるのだが……」

フォローしているうち、だんだんと部下を責めるような流れになった。昇も戸惑うほど、今回は複雑な事情が絡んでいるのだ。

立華は「食肉加工品」の担当者として、今回、スペイン産の生ハムの輸入に携わっていた。世界三大生ハムの一つ、ハモンセラーノ。スペインは生ハム王国として名高いが、そのスペインで生産量の約九割を占めるのが、このハモンセラーノだった。伝統的な製法で作られ、熟成期間は最低でも九ヶ月。他の生ハムに比べて、肉の味わいが強く、深いコクが楽しめる。

日本でも人気のブランドであり、今回は都内で創作料理のレストランチェーンを手がける会社から、取引の依頼が持ち込まれたのだった。日本人の舌にも合う、質の高いハモンセラーノを輸入したい——そのミッションを与えられ、スペインから「これぞ」という生ハムを見つけ出したのが、スペインの食肉事情に明るい立華だった。

立華は小学校の三年までをメキシコで過ごした経験があり、親が外交官であったことから世界各地の情勢にも詳しかった。その点を見込んで、昇も彼女を部署に引き入れることにした。結果、得意のスペイン語を駆使して、立華は現地のコーディネーターとスムーズな取引を実現させた。

当初は大きな問題もなく、立華が仲介した生ハムにも満足したらしい取引先だったが、輸入開始から三ヶ月も経たないうちに、大きな壁にぶち当たってしまった。

それが、スペイン産生ハムの輸入停止。

「あくまで、突発的な事故だ。スペインで、野生の猪《いのしし》から感染症を引き起こすウイルスが検出された。人や他の動物に感染することはないが、豚にとっては致命的な伝染病だ。発熱と出血で、ほぼ百パーセント死に至る。日本が水際で輸入停止の措置に踏み切ったのは、当然の帰結だ」

「ウイルスの発生は、誰のせいでもなかったかもしれません。でも、商品を預かるバイヤーとして予期すべきことでした。伝染病が発生したら、生の食肉も加工品も全面的に日本には輸入できなくなる。レストランの売りになるはずだった生ハムが使えなくなって、先方が怒るのは当然の話です……」

「スペイン産生ハムの食べ放題。なかなか思い切ったサービスで、俺も話に聞いた時は面白いと思ったんだがな。こうなっては、在庫でしばらく乗り切ってもらうより他ない。スペイン産豚肉の輸入停止が解除されるのは、早くても半年後……場合によっては、終息に数年要するかもしれない」

一度感染が確認されたら、輸入再開までの道のりは年単位であるのが普通だ。日本としても安全が確認できないことには、おいそれと取引は許可できない。

しかし、そのことを取引先に説明した際の、先方の怒りは凄《すさ》まじかった。

「うちのレストランを潰すつもりか⁉」

と、今にもこちらに摑《つか》みかかりそうな剣幕だったのだ。先方の立場に立てば、それも当然の反応である。都内で三店舗のレストランを経営する飲食業者。まだ創業から二年も経たない中で、今回の生ハムは先方としても社運をかけた勝負手だったのだ。

看板メニューの「生ハム食べ放題」には先月、昇も部下と一緒に食べに行った。立華が「これぞ」と選んだ生ハムの味は抜群で、レストランとしても評判は上々だと嬉しそうに話していた。

それが、伝染病の発生で水を差す事態に……。

「私がもっと慎重になるべきでした。今回のような事態は過去にも例がありますし、もっと多めに在庫を持ってもらうとか、代替品の可能性に言及しておくとか、先方にリスクを説明できていれば……」

「そこまで背負い込むのは、俺たちの責任とは言えないさ。伝染病の発生を百パーセント予期するなんてことは誰にもできやしない。俺たちは予言者じゃないんだ。確かにリスクの説明をして、相手のビジネスにアドバイスするのも俺たちの仕事だが、今回、過去の事例を話したところで先方がやり方を変えたとは」

「事情を説明するのにも、私は言葉足らずで。伝染病は人には感染しないのか？　今までの輸入分に紛れている可能性はないのか？　お客からクレームが来た場合、どう対処したらいいのか……課長がいらっしゃらなかったら、きっと先方は納得してくれなかったと思います」

言いながら、部下はさらに肩を落とした。

確かに、しどろもどろになった部下の説明だが、それは相手を若い女と見て、嵩《かさ》にかかって罵倒してきた先方にも問題があるのだ。あんな剣幕で罵られては、立華が萎縮するのは当然だった。今回の一件は立華にとって、相当なトラウマになったことだろう。

　ただし、それを差し引いても、昇には気がかりなところがあった。部下のメンタリティの問題。能力はあるし、やる気も十分。語学と世界情勢への明るさは、商品企画課内でも彼女は一、二を争うだろう。問題は、自罰的なその性格。反省するのが悪いとは言わない。改善を繰り返して、さらに業務を良くしていくのは、バイヤーとしても必須の資質だ。しかし、必要以上に落ち込むようでは逆効果だった。立華はあまりにも、自己評価が低すぎるのだ。

　おそらくそれも影響してのことで、商品企画課に配属されてからというもの、立華にはこれというヒット作がない。バイヤーとしての「看板」がない状態なのだ。

　今回のハモンセラーノがそうなればいいと思ったし、またその機運は十分だと昇も期待したのだが……。

「とにかく言葉を尽くして、先方も一旦は矛を収めてくれた。在庫があるうちは、うちとの取引を継続してくれると明言したんだ。後はその間に伝染病が収まるか、あるいは他の輸出元を確保するか。俺たちはやれることをやるしかない」

「はい……」

「いいから、弁当を食べろ。腹が空いてちゃ気持ちもふらつく」

　一向に箸が進まない部下に、昇は顎をしゃくって促した。自分でも唐揚げ弁当に手を付ける。冷めてはいるが、味は悪くなかった。

「お弁当って、不思議ですよね」

ちびちびと幕の内弁当に手を付け始めた部下が、ぽつりと溢《こぼ》す。

膝に置いた弁当を感慨深げに見ている。

「不思議？」

「私、親の都合で色んな国で暮らした経験があるんです。メキシコ、ブラジル、ポーランド。でも、日本みたいに、こんなにお弁当がちゃんとしている国って、他に見たことがありません。もっと、ざっくりした物が当たり前で」

「確かに、コンビニ弁当なんていうのは日本独特だな」

「町のどこにでもあるお店で、こんなにもちゃんとしたお昼ご飯が買えるのって、凄いことだと思います。私、日本のお弁当に感動したから、大人になって食品の世界に進もうって考えたんです」

里芋の煮物を箸で摘みながら、立華は嬉しそうな顔で言う。

世界各地を転々とした彼女だからこそ、見えてくる風景もあるようだった。昇も実感として、日本の弁当の文化には光るものがあると思っている。

「季節を大事にして、食材を工夫して、何より相手のことを考えて作る。私もそんなふうに、誰かを喜ばせることができたらって思うんですけど……」

「そう思うなら、なおさら前に進めばいい。失敗が足かせになるのは多くの場合、自分の踏ん切りの問題だ。誰も立華に『立ち止まれ』とは命令していない」

「でも……」

「今回のことで学ぶとしたら、不測の事態への対応の仕方だ。相手の要求に、どう向き合うか。それは自分がどれだけの準備をしてきたのか、その量が糧となる。積み重ねてきたものが、絶対の自信に変わる瞬間だ。自信があるからこそ、どんな罵倒にも毅然《きぜん》と向き合える。誰が悪い？　少なくとも自分じゃない。自分はやるべきことをやった。ならば、自分の手に余るところを、人や時間に委ねようと」

「人に委ねる？」

「この場合は、上司である俺に。顎で上司を使えるようになれ。そうしても誰からも文句が言われないほど、自分自身が努力を重ねろ。その努力が、トラブルをものともしない本物のバイヤーを作り上げるんだ」

言い切って、昇は前を向いた。

唐揚げ弁当を平らげる。

隣でまだ部下は一口程度しか弁当を食べていなかったが、一度遠くに目をやると

「本物のバイヤー」と小さく呟いた。

彼女の中で何かが、かちりと音を立てたような気がした。小さな体の内にある、感情のスイッチ。

黙々と目の前の弁当に取りかかる。

「ごちそうさま」と言い終えた時、彼女の目の中に宿るものが見えた。


様々な問題を棚上げしながら、週の半ばが過ぎていった。

立華は生ハムの輸入停止問題にかかりきりだったし、課内で手の空いた者はこぞってその手助けをした。昇も上司として、陰に陽に部下の仕事ぶりを見守った。

それでも時折頭にちらつくのは、アヤの柔道の問題だった。

断固として、父親の観戦を認めない姿勢。

昇は一度思いきって、「アヤが気づかないように見に行くならいいか?」と提案してみたのだが、それにも強烈な「ノン!」が突きつけられた。

アヤ曰《いわ》く、

「普段はない目があると、力が入るって話したでしょ? 自分の実力が出し切れないかもしれないの。それで私が試合に負けたら、その責任って取ってくれるの？」

相変わらずの押しの強さに、昇も渋々、引き下がるしかなかった。

確かに昇が見に行った影響で、アヤが負けたりしたら大変だ。娘からは未来永劫《えいごう》、「疫病神」と罵られることだろう。フランス語に疫病神を表す言葉が存在するかは知らないが。

そんな悶々《もんもん》とした思いを抱えながら、迎えた週末の金曜日――。

いつも通り昇が職場に出社すると、三階のフロアが奇妙な熱気に包まれていた。商品企画課のデスクを中心に、人の輪ができている。

何事かと近寄って、最初に目が合ったのは酒類担当の坂丸だった。相変わらず日焼けした肌に、今は興奮したような赤みが浮かんでいる。

「課長、吉報です！」

笑顔で昇に近づいて、その声で課の全員が向き直った。それぞれ、嬉しそうな表情だ。

「吉報？」

「立華さんがやりました。シェルビー社との取引にこぎ着けたんです」

坂丸は立華より年齢が四つ上だが、中途入社なので、立華のことを「さん」付けで呼んでいる。ともかく、部下が仕事上の成果を上げたらしい。

「シェルビー社は、アメリカの食肉加工会社だったと思うが」

「スペイン伝統のハモンセラーノも扱っていたんです。いや、正確に言えば、ハモンセラーノとは違うんですが……詳しいことは、本人の口から」

言って、輪の中心に視線をやる。商品企画課の全員に囲まれて、立華が凜々《りり》しい表情を浮かべていた。

「課長。スペイン産の生ハムに代わる、代替の商品が見つかりました」

「どういう話なんだ?」

「スペイン産の豚肉は、世界的に輸入禁止。なので、できるだけそれに近い、ハモンセラーノに似た生ハムがないか、世界中にリサーチをかけてみたんです。もちろん、ヨーロッパ圏内は全滅でしたが」

「今や、世界中で豚肉加工品の取り合いの状況だ。疫病の発生は現状スペインに留まっているが、隣のフランス、あるいはイタリアなど、今後はヨーロッパ中に感染が広がる懸念もある。代替商品を確保するのは至難の業だ」

「はい。手当たり次第、連絡を取ってみました。これまで培ってきたコネクション、個人的な欧州の友人、それから部署のみなさんにもご協力いただいて……それでアメリカのシェルビー社が、スペイン伝統の製法に精通していることを突き止めたんです」

言いながら、立華が分厚い紙の資料を寄越してくる。

見ると、世界中の食肉加工会社の名前がリストアップされ、その概要と連絡先、そして全ての欄に接触を持ったことを示す「×印」が書き込まれていた。この全てに、立華は連絡を入れ続けたのだ。

「シェルビー社の下請け会社の一つに、スペインから流れてきた職人の系譜がありました。創業は一九二〇年。ハモンセラーノの生産が盛んな、アンダルシア地方出身の職人が、アメリカに渡って生ハムを作り続けてきたんです。その製法は、伝統的なスペインの手法。豚の後ろ足の皮を剝ぎ取り、天然の塩だけを使って熟成させる。熟成期間もきっちり九ヶ月。その味も、本場のハモンセラーノに決して引けを取らないと言われています」

「そんな商品があるなら、それこそ世界中で争奪戦だろう。どうやって、話をまとめたんだ？」

「生ハムへの情熱をたっぷりと語りました。これまで付き合いのあった、スペインの業者を一つ一つ並べながら。今回、輸入停止になる前に取引をしていた業者と、アメリカの職人が顔馴染《かおなじ》みであるのも幸運でした。最後には、課長の名前もお借りして。『ミスター・アサカの会社なら信用に値する』と、先方の反応も前向きでした」

「俺の名前を?」

「もちろんアメリカの会社なので、スペイン産の生ハムと謳《うた》うことはできません。けれど、味、質ともに遜色ないなら是非レストランでも使いたいと、今回トラブルになった取引先にもゴーサインをいただきました。私としても、このまま話を進めていきたいと思っています」

部下の目が、ぎらりと昇の顔を捉えた。これまでの自信なさげな雰囲気は一掃されていた。何としてもやり遂げるんだという強い決意。本人の情熱に裏付けされて、彼女の意志はちょっとやそっとで揺らぐようなものじゃなかった。

昇も、深く頷いた。

「よし。すぐにアメリカに飛べ。実際の商品を確かめなくちゃ始まらない。本当にスペイン産の生ハムに匹敵するか。あるいは、それを越えるクオリティは引き出せないか。バイヤーの目と舌で感じ取ってこい」

「はい!」

と強い声を返して、その後で部下は柔らかく笑った。

目尻に、きらきらと涙を浮かべている。

「課長のおかげです。私に、発破をかけてくださったから」

「立華の努力の賜物《たまもの》だ。それは胸を張っていい」

「自分に言い訳ができないくらい努力しろ。それを相手に認めさせるんだ。そう言ってくださったことが何より励みになりました。心が折れそうになった時、『なにくそ！』って頑張ることができたんです」

「言葉は、ずいぶん乱暴だが……」

「なりふり構っていられません。私は、みんなの期待に応えたいんです」

頼もしく笑って、早速彼女は出張の準備を始めるようだった。相手先へと連絡を入れ、荷造りも並行して行う。同僚たちも、それを率先して手伝っていた。

部署の結束を横目にしながら、昇は自分のデスクに着いた。

これでもう、生ハムの一件は問題ないだろう。今の立華なら無事、代替商品を摑み取って来るに違いない。今回クレームを入れてきた取引先が、どんなふうに手の平を返すか、昇ももう一度、部下に同行して確かめたいくらいだった。

他の仕事に取りかかろうとして、ふと昇の手が止まる。

部下の言葉が、改めて脳裏を過ぎったからだ。

期待に応えたい──。

立華は「課長のおかげ」と頭を下げたが、実際のところ問題を乗り越えたのは、彼女自身の力だった。負けん気と責任感。何より「本物のバイヤー」を志した彼女が、自分自身で正しい道を選び取った。

それは、昇のプライベートにも通じる教訓だった。

何のために頑張って、何を自分の力とするのか。

「見に来ないで！」と、手厳しかったアヤの声。

誰かの期待や思いが、人の背中を押すのだとしたら……。

*

日曜の朝。五時二十分に昇は目覚めた。スマートフォンのアラームは十分後にセットしてある。予定より早く起き出して、昇はすかさずベッドを出た。

窓の外は、まだ明け切らない薄闇。

鳥の声も疎《まば》らな中、昇は自宅の台所に立った。

エプロンを着けて気合いを入れる。「よし」と口にも出したのは、眠気を吹き飛ばすためと、本当の意味で勝負の朝になると覚悟したからだ。

本日の午前中、アヤは柔道の試合に向かう予定だった。地区の体育館を借りて行われる大きな大会。実際にトーナメント戦も行われるようで、成績優秀者はより大きな大会への出場権も与えられるのだった。出場者にとっては、日頃の成果をいかんなく発揮できる場だ。

そこにアヤも出場して、対戦者と向かい合う。

「見に行きたい」とは、もう昇はアヤに言わなかった。

それがアヤへのプレッシャーになるなら、昇はぐっと自分のわがままを飲み込むつもりだ。「余計なことをしないで」というのはアヤの一貫した主張だ。

だとしても、譲れない一線はある。

アヤを応援したいという気持ち。父親として、それだけは引っ込めるわけにはいかなかった。一度もアヤの柔道着姿を見ないで、親として胸を張れるか。せめてそれが叶《かな》わないなら、アヤには精一杯のエールを。

それを示すために、昇は弁当作りに励むつもりだ。

「弁当は日本の文化だからな」

先日、部下と話したことを思い出す。相手の心情を思いやる、日本が世界に誇れる文化。応援の仕方は、何も直接声をかけるばかりじゃなかった。思いを物に込めて託す。大会に持たせる弁当なら、それがアヤにも伝わると思ったのだ。

それを受け取って、アヤがどう思うかは微妙なところだが……。

ままよ、と迷いを振り切って、昇は改めて食材に向き直った。弁当に詰める材料は昨日の仕事終わりにまとめて買い出してある。

端から竹の子、豚肉、レンコン、オクラ。全てゲン担ぎにちなんだ食材だった。ぐんぐんと伸びる、出世を表す竹の子で炊き込み御飯を作る。豚肉は、定番のトンカツだ。見通しの良いレンコン。粘り強さの元となるオクラも外せない。フランス暮らしの長いアヤに、日本のゲン担ぎがどれくらい通じるかはわからないが、この場合、大切なのは作り手の思い入れだろう。

「ぐずぐずしてると、アヤが起きてくるな」

出発は早いと聞いている。早速調理に取りかかった。

まずは一番時間のかかる、竹の子の炊き込み御飯から。

竹の子は水煮を買ってあるので、包丁で切って炊飯器で炊けば出来上がる。

口に入れやすいよう、気持ち小さめにカットする。しゃきしゃきという小気味良い感触。内釜に、切った竹の子とお米を入れて、白出汁のみで味付けをする。今回はおかずの味が濃いので、ご飯はほんのりと味が付く程度で良いのだ。

炊飯器にセットしたら、後はスイッチを押すだけ。蓋の液晶画面に、「52分」と炊きあがりの時間が表示された。

続けて、トンカツの調理に入る。

今回、あえてトンカツ用の肉は用意しなかった。買ってきたのは生姜《しょうが》焼き用のロース肉だ。分厚い肉を揚げると、冷めた時、どうしても硬くなってしまう。できればアヤには、美味しい状態で食べてもらいたかった。

薄切りのロース肉を、両面の筋を切って、三枚程度重ねる。次に強めの塩胡椒。卵と小麦粉、水で作ったバッター液に潜らせてから、たっぷりのパン粉をまとわせる。手で軽く払うと、見た目には普通のトンカツそのものだ。肉をミルフィーユ状にしてあるので、冷めても硬くなりにくい。じゅわっと肉汁も溢《あふ》れてくるし、トンカツ弁当を作るなら、昇は断然このやり方だった。

フライパンに一センチ程度の油を張る。シンプルに揚げ焼きだ。

たっぷりの油で揚げてもいいが、今回のように薄めのトンカツなら揚げ焼きで十分美味しく仕上がる。片づけが楽なのも、忙しい朝の時間帯にはありがたかった。

温度は百七十度が目安。菜箸を入れて、ぷつぷつと泡が出てくるのが合図だった。

思い切って、カツを投入。じゅう、と油の焦げる独特な匂いが漂った。朝からこの匂いを嗅ぐのは、どこか背徳的な気分だ。

「片面三分、もう片面を二分半……」

火入れの塩梅《あんばい》に注意しながら、油に浸《つ》かるトンカツを見守る。しゅわしゅわと泡立ちながら、端の方が茶色く変わり始める。手早く裏返して、もうしばらくの辛抱。肉が硬くならないぎりぎりのところで、油から上げて、バットの上で三分間放置した。余熱でじわじわと肉に火を通すことで、口当たりも優しいミルフィーユカツに仕上がるのだ。

三分してからまな板に移すと、適度に油も切れていた。包丁でざっくりと切り分ける。

「トンカツを作る時の醍醐味《だいごみ》だな」

ざくざくっと包丁を入れるこの瞬間が、昇は実際に食べるよりも好きだった。板前になったような気分を味わえる。断面を見ると、綺麗な焼き色。肉汁も適度に残っていて、火入れは成功のようだった。

メインを仕上げた後で、箸休めの二品に取りかかる。

まずはレンコンから。薄切りにして、甘辛いきんぴらに仕上げる。薄くスライスし、お湯でさっと茹《ゆ》でる。弁当の容量を考えると、竹の子と同じように小さめのカットが適当だ。

薄くごま油を引いたフライパン。水気を切ったレンコンを入れて、透きとおるような色になるまで炒める。味付けはざっくりで良かった。多めの砂糖。これで最初に甘みを付ける。味見を繰り返しながら、次に醤油。砂糖の半分くらい入れれば、これで基本的なきんぴらの味は出来上がる。

本当はここに唐辛子の輪切りを入れたいところなのだが、アヤに辛みはNGだ。母親のアリシアもやはり辛い物は苦手だったので、これは間違いなく遺伝だろう。辛党の昇としては肩身の狭いところだった。

最後にみりんを入れて、照りを際立たせればレンコンのきんぴらの完成。

レンコンを調理している間に、オクラも鍋で茹でておいた。短く二分ほど。お湯から上げたオクラを一旦氷水で冷やして、しっかりと水気を切る。綺麗な緑に仕上がった。産毛も予《あらかじ》め取ってある。五ミリほどの輪切りにして、同じく五ミリ角に切ったプロセスチーズとめんつゆで和える。仕上げの鰹節《かつおぶし》。和と洋が混在する、アヤもお気に入りのひと品だった。

トンカツ、レンコンのきんぴら、オクラとチーズの和え物。

後は、竹の子御飯の炊き上がりを待つばかり……。

炊飯器が「ピー」と完了の合図を出した頃、寝間着のアヤが起き出してきた。すんと鼻を鳴らして、真っ先に揚げ物の匂いに気づいたらしい。続けて、テーブルに広がった準備中の弁当に目を凝らす。表情が、豆鉄砲を食らった鳩《はと》のようだった。

「これ、何？」

「もちろん、アヤの弁当だ」

「お弁当？」

「今日は試合の本番だろう？　腹が減っては戦はできぬ」

「だからって、こんなにいっぱい……」

揚げ物、きんぴら、和え物。加えて、昇が竹の子御飯をよそい始めたのを見て、アヤは完全に面食らったようだった。すぐさま、昇に食ってかかる。

「お弁当なら普通でいいのに。こんな、ごてごてとしたものじゃなくて」

「ただのご馳走じゃないぞ。トンカツは『敵に勝つ』だし、オクラの和え物は『粘り強く戦え』。レンコンで試合の先を見通して、竹の子のようにぐんぐんと成績を伸ばせ」

「何それ、ダジャレ？」

「ゲン担ぎって言うんだ。アヤには、試合に勝ってもらいたいから」

正面切ってアヤに言うが、当人はますます気に入らない顔色だった。

あからさまに目尻を吊り上げる。

「なんで、こんなことするの！　プレッシャーをかけないでって、前々からお願いしたのに！」

「プレッシャー？」

「私は、普段通りの試合がしたいの。練習でやった成果を確かめたい。なのに変に期待とか応援とかされたら、きっと緊張する。今日の試合は、次の大会の予選にもなってるんだよ？」

「アヤは自分のベストを尽くせばいい」

「そのベストが出せなくなるの！　だから、試合も見に来ないでって、お願いしたのに！　こんなお弁当を渡されたら、期待されてるって丸わかりじゃない！　私にはすごくプレッシャー。こんなことされたら、今までの練習が台無しに……」

「親が娘に期待をして何が悪い」

相手の声を遮るように、昇は断固とした声で言い放った。

聞いたアヤが「え？」と戸惑う表情をする。昇の意外な逆襲に、得意の抗弁を忘れたようだ。

正面に立って、昇は堂々と続けた。

「俺はアヤの応援をする。アヤが試合に勝てるよう願ってる。それは、俺が父親だからだ。親だから応援するのを止められないんだ。プレッシャーになる？　力が出せない？　そんなことは承知の上。それでも、俺は自分を恥じるつもりはない」

「だけど、それで緊張して……」

「緊張がなんだ。えずくくらい胃を痛くして当たり前だ。アヤは、今日の試合に懸けてきたんだろう？　道場で練習をして、テレビの試合で何度も技を研究した。その努力を、俺は心の底から認めている。認めるからこそ、アヤには本気の勝負の世界を知ってほしい。自分に飲まれるようなら半人前。人の期待を受け止めてこそ、本当の実力の内だ。親の期待程度で潰れてくれるな。足が震えてでも、試合に勝て」

昇の期待に、見事応えきった部下の立華。

単純にそれと比較するつもりはないが、「応援」が誰かの背中を押すものであるのは、古今東西変わらないのだ。フランスだろうと、日本だろうと。

だったら開き直って、アヤを応援するのみだ。

「今回、試合を見に行くのは控える。本当なら目の前で声援を送りたいが、そこまでしたら流石に嫌がらせだ。俺もアヤの考え方は尊重する。だけど、応援するっていう気持ちだけは変わらない。この先も俺はアヤに期待し続ける。今日の弁当はその思いを込めたものだ。腹に収めて、戦ってくれ」

弁当の準備を整えて、紅白の風呂敷《ふろしき》で弁当箱を包む。

アヤに差し出すと、本人は迷うような表情だった。口元を引き結んで、深く眉根を寄せている。

宙ぶらりんな弁当に、やっと不承不承、手を伸ばす。

受け取った時、アヤは昇の方を見ていなかった。

「私の試合は午前中だけど……」

最後に言った声が、アヤの精一杯の反抗に聞こえた。

＊

一回転した瞬間を、アヤはスローモーションのように思い返した。

脳裏に焼き付いている。綺麗な背負い投げだった。うまく、お腹の下に潜り込まれた。一瞬相手の姿が消えて、すぐに襟を引かれた。お腹をぽんと押してくる感触。あっと思った時には、すでに両足が浮いていた。力の入れどころがない。闇雲に腕を引いたが、それもがっちり相手の組み手に封じられている。

どんっと、背中を打った衝撃。

その痛みまでが他人事《ひとごと》のようで、自分が「負けた」と理解するまで、アヤはしばらく時間が必要だった。

悔しい——。

試合終了から一時間以上経って、やっとその思いが募る。

アヤの初戦だった。大会の始まりは、トーナメントのような綺麗な試合じゃない。体格が同じくらいの子供たちを並べて、次々と勝ち抜き戦をやらせていくのだ。その勝利数で本戦に進める選手を決める。アヤの前で十試合ほど行われて、三人勝ち抜いた選手が、アヤの最初の対戦相手だった。

アヤよりも十センチ以上、背が小さい。

組み合って、「あ、これは勝てる」と思った。体格差もそうだし、何より相手は三回も戦って疲れていた。案の定、開始十秒ほどでアヤの内股が決まった。

捉えた！　と思ったのだが、引き手が甘く、相手は上手く空中で体を捻《ひね》った。結果「技あり」の判定。

その直後から、流れが変わった。相手ががんがん押してくる。もう疲れ切ってると思ったところに、猛烈な技の応酬が来た。凌《しの》いでいると今度はアヤの方が息が上がった。肩で息をした瞬間、油断したつもりはないが、相手の体が沈み込んだのをアヤは一瞬だけ見逃した。後悔しても後の祭り。アヤは会場の天井を見つめて、しばらく畳の上から動けなかった。

その後、相手は次の試合にも一本勝ちして、六戦目でようやく負けた。もちろん、本戦進出決定だ。聞けば、地区でも一番名前のある道場の選手らしい。

アヤが何より悔しかったのは、背負い投げで負けたことだった。

今まで、そんな大技で一本を取られた経験はない。身長がある分「背負い系」の技には気をつけていたし、対策にも自信があった。それなのに今回は、見事すぎるほど負けた。何の対処もできなかった。まるで教材ビデオの見本のように、アヤは畳の上に転がされたのだ。

単純な練習不足。

相手のスタミナに、アヤは全く敵《かな》わなかった。一生懸命練習してきたつもりが、まだまだ全然、実力が足りなかった。

午前中のプログラムが終わって、本戦に進んだ人は、アヤの道場からは一人も出なかった。一番期待されていただけに、アヤの惨めさはいっそう強かった。

会場の外の芝生で、全員で弁当を広げる。

結果を残せた選手はいなかったが、中には笑顔でふざけ合ってる仲間もいた。

一人弁当を開けて、箸を持つ。

蓋を取って、はっとした。想像以上に弁当の中身が豪華だったのだ。出来上がる直前を、アヤは自宅のリビングで目の当たりにした。その時は「大袈裟《おおげさ》すぎる！」と不満だったが、大一番を終えた後で見ると、単純に食欲が勝った。

まずは、竹の子御飯から。具材が小さく切ってあって、箸でも摑みやすい。口に入れると、ふんわりとした春の香りが広がった。思ったより味が濃くない。他のおかずがほしくなる。

サニーレタスの上に並んだ、ぎゅうぎゅう詰めのトンカツ。噛むと、びっくりするほど柔らかい。てっきり硬くなってると思ったのに、作りたてみたいにふわふわだ。

ソースの味を、竹の子御飯で追いかける。

オクラの和え物は、アヤの好物の一つだった。チーズと一緒に食べると、食感も楽しい。隣のレンコンのきんぴらで一息つく。辛くないのは、たぶん苦手な唐辛子が入ってないおかげだろう。

掻《か》きこむように、トンカツ、竹の子御飯と口に入れる。

半分以上なくなって、ふと箸を持つ手が止まった。ほっとお腹が落ち着いたのと合わせて、別の感情が込み上げてくる。

目元に浮かんだのは涙だった。熱いものが、アヤの両目の端で揺れている。唇まで小さく震える。

「どうしたの?」

隣で食べていた同級生が、アヤの異変に気づいて尋ねてくる。

「何でもない」

と嘘をついて、アヤは残りの弁当を食べた。

誰かに、優しく慰められているような気分だった。その「誰か」が誰なのかよくわかって、アヤは意地になって弁当を掻きこんだ。

悔しいくらい美味しかった。

だけど、その美味しさが何度もアヤの涙を誘った。

第四話　勝利の宴を、ハンバーグと共に

「企画課」と「営業課」の仲は悪い。

昇の勤めるユービーフーズで、長く語られる内情だった。

ユービーフーズは食材の輸入を主な業務としている。まだ見ぬ逸品を、身近な一品へ――をコンセプトに、日夜世界中を飛び回るのが、ユービーフーズが誇るバイヤーたちの役目だ。昇が所属する「商品企画課」が全面的にそれを請け負っている。

一方で企画課と対を成し、会社の両輪と目されているのが、同じ商品部の「商品営業課」である。文字通り、商品の卸先である小売店への営業を職務とする。海外で企画課が食材を仕入れ、それを国内で営業課が小売店に卸す。どちらが欠けても会社の商売は成り立たないし、食品を扱うことにかけて両者の情熱は譲らなかった。

ところが、この二つの部署は伝統的に不仲だった。

企画課が商品を仕入れれば、営業課は「こんなもの売れない！」と突っぱねる。営業課の業績が悪ければ、「あいつらの売り方が悪い！」と企画課側が非難する。同じ商品を扱っているだけに、その責任と成果を巡って、両部署は常にいがみ合いの状態にあるのだ。商品が売れないとすれば仕入れた人間の問題だ、いやいや、少しは売り方を工夫しろ、云々《うんぬん》と。

昇がまだ入社して間もない頃、実際に体験したエピソードがある。

その当時も、企画課と営業課は犬猿の仲だった。その最中に事件は起こる。

オーストリアの伝統的なキャンディを仕入れるにあたって、企画課は「S社」という超優良企業との契約に成功した。これは、ユービーフーズの歴史から見ても快挙だった。

早速商品を輸入することになったが、届いたキャンディの状態を見て、販売担当の営業課は腰を抜かした。赤やピンクなど、色とりどりの華やかなキャンディ。それが一瓶「一キロ」の単位で、会社の倉庫に届けられたのだ。

「誰がこんな大量の飴《あめ》を買うんだ！」

と言った営業課の非難はもっともだった。一キロのキャンディはそれぞれ巨大な瓶に密封されていて、しかも中身のキャンディは全て個包装されていなかった。一般の消費者には、瓶ごと買ってもらうしかない。

問題は、それを小売店にどう納得させるかだった。買ってもらえるはずがない、というのが営業課の主張だ。小売店にしても、日本の消費者に「キロ」単位でキャンディを買う文化がない以上、売り場に置いておくだけスペースの邪魔だ。

にわかに、二つの部署で責任の擦《なす》り付《つ》け合いが始まった。

営業課からのクレームに、

「事前に説明した！」

と仕入れ担当の企画課は譲らなかった。

「そんな話、聞いてない！」

と、営業課も食い下がる。

そもそも、キャンディがそんなに大量に売れるわけないだろ、うるさい、商品自体の質は間違いないんだ、これだから企画課の気取り屋は、なんだと、営業課のおたんこなすめ……！　議論は子供じみた中傷に堕し、結局キャンディを少量にリパックし直すことで、なんとか小売店への販売に漕《こ》ぎ着けた。その際、詰め直しにかかる費用を、どちらの予算で賄うかでも一悶着《ひともんちゃく》あり……。

その軋轢《あつれき》は脈々と、現在にも受け継がれている。

過去の逸話を知ってか知らずか、二つの部署でいがみ合いは日常茶飯事だった。フロアも企画課が三階で、営業課が二階。それに関しても「どうして俺たちが、企画課の足下なんだ！」と営業課の文句が絶えない現状だ。

ほとんど歴史的と言っていい、両部署の確執。

企画課を預かる責任者として、昇も頭の痛い問題だった……。

＊

「課長ぉー」

　腰砕けの声が、昇のデスクに届く。

　時刻は、定時の十五分前。そろそろ帰宅の準備をと思ったところで、昇の正面に部下の顔が飛び込んできた。

「助けてくださいよぉ、課長」

「落ち着け。沢代《さわしろ》」

　部下の顔を遠ざけながら、面倒を隠さずに昇は答える。

　沢代一馬《かずま》は、企画課のメンバーの一人だった。社歴は十年。年齢は三十一歳。ほどほどに経験と貫禄《かんろく》が付いてくるところだが、世代の特徴と呼ぶべきか、沢代にそうした態度は期待できない。決して仕事のできない男ではないが、物腰や口調がことごとく実年齢を裏切っているのだ。「課長ぉ」という情けない呼び方もその一つ。

　取引先でも同じような調子らしく、取っつきやすいと重宝される一方、「おたくの社員さんは、ちょっとノリが……」と告げ口の電話をもらうこともしばしばだった。

それでも一応のヒット作を持ち、商品企画課に居座る沢代だ。

「俺、これからデートの予定があるのに。相手は、飲み屋で知り合ったミキちゃんなんですけど、『食事ならオーケー』って、脈があると思いません？　二十歳の黒髪の綺麗な子で、もろ俺のタイプなんですよー」

「おまえの好みは、金髪の年上だろう？　出張先のベルギーのご婦人に、ぞっこんだと」

「あ、いや、それはそれ、これはこれで……」

しどろもどろになりながら、それでも本人に反省の様子はない。調子のいい態度と同様、その見た目も軽薄さを隠さない沢代だった。薄い色の茶髪。前髪をホストのように立てて、襟足も長い。スーツこそ紺色のシックなデザインだったが、パンツの丈が短いところや黄色が目に痛いネクタイなど、ところどころで沢代らしさを発揮している。

海外での取引では個性も強みの一つとなるので、不衛生でない限り昇もうるさいことは言ってこなかったが。

「それで、今度は何をやらかしたんだ？　発注ミスか、それとも人妻にでも手を出したか？」

「その辺は抜かりなく……いや、歴とした仕事の話で。チョコの納品が止められそうなんです。営業課の連中の意地悪で」

営業課と聞いて、昇も真面目に聞く気になった。伝統的な二つの部署の確執。お互いの足を引っ張り合うのは、社内でも周知の事実だ。

沢代は、企画課内で「菓子類」の仕入れを担当している。チョコやキャンディ、焼き菓子など、菓子の輸入商品は小売店でも人気の商材だ。沢代は長年、この菓子類を担当していて、課内でも一、二を争う甘党である。

スイーツの話題が一番女の子の食い付きがいい、とは沢代らしい発言だ。

「先月、ニュージーランドで仕入れたチョコレートを、取引先に卸さないって言うんですよ。その小売店とは、通年で取引してるっていうのに」

「取引先が決まっているなら、揉める話じゃないだろ。何なら、おまえ自身でゴリ押せばいい」

「それが納品にストップをかけたのが、営業課長の佐島《さじま》って話で……」

沢代の出した名前に、ますます昇の表情は硬くなった。

営業課長直々の指令とあれば、問題はより深刻だ。佐島は、企画課を非難する急《きゅう》先鋒《せんぽう》と言える。営業課はその責任者が先頭となって、企画課に牙を剥いているのだ。

昇自身は「両部署の確執は無益」となるべく穏便に済まそうと努めてきたが、ことある毎《ごと》に口を挟んで、両部署の溝を深めてきたのが営業課長、佐島の存在だった。

また厄介なことに、佐島は入社が昇の同期ときている。

「またぞろ、向こうの癇癪《かんしゃく》だろう。無視してかかれ。営業課が納品を拒否するなんて言語道断だ」

「もちろん、俺も文句を言いに行ったんですが、営業課長相手じゃ、けんもほろろで……」

「一体、相手の言い分は何なんだ？」

「それがはっきりしないんですよ。俺では話にならないの一点張り。要は商品に納得いかないということなんだと思いますけど、具体的にどうのって話は。それに、俺の見たところ、今回の件はある種の逆恨みですよ」

「逆恨み？」

「ほら。前回、立華の件で営業課の頭越しに……」

言われて、昇も納得する気になった。この前の、スペイン産生ハムの一件だ。疫病の発生でスペイン産豚肉の輸入が禁止となり、納品先のレストランから猛烈なクレームを食らった。その件は担当者である立華の頑張りもあって、無事、問題を落ち着かせることができたが、その過程が営業課のかんに障ったらしい。

「向こうとしては、納品してから先は自分たちの領分ですからね。クレーム処理も含めて、企画課が出しゃばったのが気にくわないんですよ」

「その一件は、イレギュラーの連続だった。そもそも受注自体、営業課を通さないで直接企画課が受け付けたんだ。だから、対応も一貫して企画課が請け負った」

本来、商品を卸す場合は営業課が卸先を見つけて、各小売店と契約を結ぶ。ところが生ハムの一件はレストラン側から企画課に直接連絡があり、そのまま契約に至ったケースだ。だから、全責任は企画課側にある。

「それでも納品の段階では、正式に営業課のルートを通して、きちんと向こうの売り上げに数字が乗るよう手配したんだ。うちが文句を言われる筋合いはない」

「正論ですけど、縄張り意識が強いのが営業課の悪癖ですから。自分の仕事を盗《と》られたと思ったんじゃないですか？」

「それで、納品拒否の嫌がらせか」

「おそらく……」

部下の呟きに、昇は深い息を隠せなかった。

縄張り争いは企業の宿命だが、ユービーフーズ程度の規模で内輪揉《うちわも》めをしても始まらないのだ。同業他社にみすみすチャンスをくれてやるだけのこと。ここは社内一丸となって、業界の荒波を乗り越える必要がある。

「わかった。俺が話を付ける。佐島は二階だな?」

「ボスを引っ張ってこいと息巻いてましたよ。まるで、ゲームの親玉みたいに」

言って、沢代は顎を突き出しながら「げへへ」と笑ってみせる。

部下の言う「親玉」のイメージは謎だったが、昇も腹を決めて自分のデスクから立ち上がった。

沢代を連れて、二階に下りる。階下のフロアは三階と造りは同じだったが、足を踏み入れた途端に感じる威圧感は別物だった。営業課、総勢十五名の視線が一斉に昇たちに注がれる。

「企画課が何の用だ?」

とまさに針のむしろで、一歩足を進めるごとに、昇は突き刺さってくる視線を振り払わねばならなかった。この時点で、すでに同行した沢代は気圧《けお》され気味だ。

威圧感の終点、フロアの奥に鎮座しているのは、沢代曰く「親玉」の営業課長だった。大きな図体《ずうたい》を、窮屈そうに椅子の上に押し込めている。身長は昇とさほど変わらないが、営業課長、佐島の特徴は奥行きも分厚いことだった。「大熊」という表現がしっくりとくる。ワイシャツの前面を押し上げる胸板、作り物のような肩幅。太股《ふともも》の厚みも半端ではなく、ベージュのパンツスーツがはち切れそうだ。

顔の造りも「大熊」の印象を裏切らない。四角い顔面に、長い揉みあげ。太い眉毛が不機嫌そうで、手にした資料を鋭い目で睨みつけている。学生時代、レスリングの国体指定強化選手だったらしく、膝を壊すことさえなかったら、間違いなくオリンピックへの道を突き進んでいただろう、ともっぱらの噂《うわさ》だ。

佐島巌国《いわくに》。商品営業課の責任者は、誰もが認める強面《こわもて》である。

「おやおや。ようやく企画課長さんのお出ましだ」

資料から目を上げて、佐島がにやりと笑ってみせる。

昇を見据える視線は、口調とは裏腹に鋭いものだ。

「部下が世話になったたな」

「しつけの良い部下だ。きゃん、と鳴いたと思ったら、すぐにボスを連れてきた」

「吠《ほ》える相手を間違えたのさ。熊には、猟銃付きのハンターが適任だ」

「ふん。相変わらずの気取り屋め……」

企画課を揶揄《やゆ》する常套《じょうとう》句で返して、佐島は手にした資料をデスクに伏せた。

椅子ごと昇に向き直り、重々しく腕組みをする。

「それで、直々の御用向きは？」

「チョコレートの納品に関して。馬鹿な嫌がらせは止めろ。予定通り、契約先に卸すんだ」

「嫌がらせとは言ってくれる。俺が、そんなけちな真似を？」

「何を根に持ってるかは知らない。ただ、足を引っ張り合うのはこれっきりにしたい。商品を右往左往させて、誰も得をしないのははっきりしている」

「商品の面倒は見るさ。そいつが、まともな物だったらな」

持って回った言い方で、佐島は昇の顔を見据える。

嫌味な口元が、相変わらず太々《ふてぶて》しかった。

「何がそんなに気に入らないんだ？　納品を拒否したら、営業課の予算にも穴が空くだけだろう」

「無様な商品から取引先を守るのも、営業課の大事な仕事だ」

「企画課の商品が無様だと？」

「よく見てみろよ。これなら、病院食の方がよっぽどましだ」

言いながら、佐島はテーブルの上の小包を放って寄越す。

とっさに受け取って、それが件《くだん》のチョコレートであるのはすぐにわかった。シンプルなリボンのデザイン。半透明の上蓋から、カラフルなチョコレートの並びが見て取れる。

「部下が『これぞ』と選んだ逸品だ」

「言ってくれる。これのどこが逸品なんだ？」

「完全オーガニックのチョコレート。今や、健康志向と持続可能性《サステナビリティ》が世界のチョコレートのトレンドだ。こいつは、そのど真ん中だ」

　世界のチョコレート市場は、今変革の途上にあった。甘くて美味しいものを――当たり前に求められてきた価値観が崩れて、チョコレートの進化は今や社会を映す鏡だった。それを象徴するのが健康志向のオーガニックであり、環境に配慮したサステナビリティ。この二つを両軸として、チョコレート市場は「大量生産・大量消費」からアーティスティックな一点物へとシフトチェンジしているのだ。

　海外の逸品を探し求めるユービーフーズとしては、そのトレンドを無視するわけにはいかなかった。

「部下の選んだチョコレートは、グルテンフリーで乳製品も不使用。砂糖の代わりに黒ごまで甘みを付ける徹底ぶりだ。環境にも配慮して、南米の農園と直接カカオ豆の取引をしている。フェアトレードの一環で、農園の従事者が不利益を被らないための方策だ。加えて、原材料の全てがトレース可能。企画課として、どこに出しても恥ずかしくないチョコレートと言える」

「お題目は結構。それで、どうやってこいつを客に売るんだ？」

「健康志向の消費者はここ数年、日本でも急増している。美味しいから食べるのではなく、体に良いから摂取する。海外の輸入食材を求める顧客は、そもそも健康への意識が高い。チョコレートで健康になるなら、多くの客が放っておかないさ」

昇の勢いを継いで、横から沢代が付け加えた。

「今回のチョコレートを作っているのは、ウェリントン在住の若いご夫婦です。ご主人は元プログラマーで、奥さんは考古学の研究者という異色の経歴の持ち主。三年前、お子さんに重度の食物アレルギーがあるとわかって、ご夫婦はオーガニックの職人の道を選ばれたのだと伺いました。お二人にとって、オーガニックとは世界のトレンドというだけじゃなく、家族を思う優しさ……譲れないこだわりなんです」

「地球の裏側の家庭事情が、俺たちに何の関係がある？　ましてや、日本の一消費者にとって」

「えっと……」

「だから、企画課は気取り屋って言うのさ。そんな心持ちで商品は売れない。卸の現場を知らない三流が、知ったような口を挟むな」

敵意を剝き出しにして、佐島は沢代の顔を睨んだ。流石に「ひいっ」と戦いて、沢代は昇の後ろに隠れる。

後を引き取って、昇が続けた。

「確かに、俺たちは卸の現場を知らない。ただそれは、営業の人間が買い付けの現場を知らないのと同じだ。いがみ合って何になる？」

「言わせてもらうがな、俺たち営業課は、ずっと企画課の尻ぬぐいをやらされてきたんだ。おまえたちが、でたらめな商品を持ってくるたびに。そりゃ、商品が届けば、取引先に卸すさ。そうしなけりゃ、会社の倉庫はゴミで溢れる。ただな、そうやって企画課を付け上がらせてきた結果が、今のありさまなんだよ」

「どういうことだ？」

「売り場は、おまえたちの自意識の展示場じゃない。こだわりだの、作り手の思いだの。そんなものは、バイヤーの自己満足だ。事実、現場から上がってくる声は『もっと安い物を』『わかりやすい商品を』。結局、末端の消費者には、一ミリだって伝わりはしないのさ。そんな商品を摑まされて、俺たち営業課がどんな思いで取引先を回っているか」

「企画課の商品は売り物にならない、と？」

「俺たち営業課が売ってやってるんだ！　それこそ取引先に頭を下げて。くだらない商品かもしれません。ただ、なにとぞ、これまでのお付き合いに免じて……って具合に。俺たちに言わせれば、企画課の仕事なんざ子供の遊び。海外旅行のついでに、お土産を買ってくるガキの使いだ！」

吐き捨てるように言って、佐島は自分のデスクに拳をぶつけた。ごん、と鈍い音がフロア中に響き渡る。沢代がいよいよ顔を青くしたが、周囲の営業課の面々は、上司の態度を後押しするかのようだった。

企画課の気取り屋め……全員が冷たい視線を昇たちに向けている。

「手厳しいな。交渉の余地はなしか？」

「これ以上、俺たちが割りを食うのはごめんだ。逆の立場に立ってみるんだな。今後は営業課が『これだ』と認めた商品以外、一つとして小売店には卸さない」

「部署が協同する意味がなくなるぞ」

「企画課との協力なんてくそ食らえだ！　部署間の反目は、ユービーフーズの伝統！今まで偉そうにしていた分、今度はこちらの尻に敷かれろ！」

踏ん反り返って、こちらを睨みつける営業課長。

とりつく島が見当たらなかった。

営業課として、佐島は最後通牒《つうちょう》を突きつけたのだ。これ以上、おまえたちには協力しない……積み重ねてきた軋轢以上に、そこには多分に、佐島の個人的な感情が渦巻いているように見えた。正面の強面に、あからさまな怨嗟《えんさ》の念が浮かんでいる。

反論する代わりに、部下にこう呼びかけた。

「沢代。例のものを持ってこい」

「例のもの？」

「わかるだろ？　倉庫の主だ」

そこまで言うと、沢代も合点がいったようだった。戸惑い半分、この場から離れられるのが嬉しいらしく、「はい！」と答えて一目散に駆け出していく。

「何の茶番だ？」

佐島の胡乱《うろん》な声が飛んだが、昇は答えなかった。

ふん、と相手が鼻を鳴らしたのを見て、昇もじっと部下の戻りを待った。

五分ほどして、沢代が二階フロアへと舞い戻ってきた。相変わらずの居心地の悪さに、未《いま》だに部下の顔面は蒼白《そうはく》である。ただし、昇の言いつけは果たしたらしかった。両手に大荷物を抱えている。赤い包装紙で包まれた何か。

足取りも重く、難儀した顔で昇の横に到着する。

「倉庫の、奥に、ありました」

非難がましい部下の声に、昇は「ああ」とだけ返す。手近なデスクに包みを下ろさせた。企画課の始めたやりとりに、フロア中の人間が訝《いぶか》しげな顔をしている。

「ゴミは引き取れ、と言ったばかりだが」

非難の視線をあからさまに、佐島が食ってかかる。

「見ればわかるさ。特に、おまえの立場なら」

明言はせず、佐島の声を一蹴する。相手が不機嫌になるのも構わず、昇は沢代に包みを解くよう指示した。

露《あら》わになった正体に、佐島が息を呑《の》んだ。

「これは」

声を漏らしたのは佐島一人だ。フロアの他の面々は、依然として浮かない顔をしている。覚えがなくて当然だった。包みの中から現れたのは、バケツほどの大きさの瓶詰めだ。全面が透明で、円筒形の頂点に赤いプラスチックの蓋がはまっている。

その中には、色とりどりのキャンディがぎっしりと詰まっていた。

「十五年以上前、ユービーフーズがオーストリアのキャンディメーカーから取り寄せた商品だ。当時、俺たちは入社したばかりの新米だった」

「おまえ、どうしてこれを……」

「一瓶一キロの飴、という容量が問題となったが、侃々諤々《かんかんがくがく》やり合った後で、少量にリパックし直すことで一応は決着した。その費用負担でも揉めに揉めたが、最終的には外注先の工場まで、ユービーフーズの社員が手弁当で駆けつけた。当然、新米の俺たちも駆り出されて、深夜まで一つ一つキャンディを包む作業に追われた」

「地獄のような一日だった。結局、営業課も企画課も上長が減給処分に付されて」

「営業課長の冴島《さえじま》さんなんて、辞表を出すと息巻いていたな。代わりに『企画課の末《すえ》城《しろ》に生き恥を搔かせてやる！』と」

「ああ。営業課の全員で引き留めた」

「それなら、その後の顚末《てんまつ》も覚えているはずだ。何とか倉庫の全商品を、全てリパックし終わったこと。予定通り、商品を小売店に引き渡したこと。それから一ヶ月も経たないうちに、そのキャンディが爆発的なヒットを記録したことも」

まさに青天の霹靂だった。

送り出したそばから、社内で再発注の電話が鳴りやまなかった。売り場に出した途端、キャンディは売れに売れた。企画課の「商品の質に間違いはない！」という言葉に嘘はなかったのだ。そこに、営業課の必死の働きかけが奏功した。追加でかかった費用分を取り戻そうと、関係する全ての取引先に空前絶後の売り込み攻勢を仕掛けたのだ。

結果として問題のキャンディは、ユービーフーズを代表する「看板商品」へと化けた。

「俺は企画課に新しい人間が入る時、必ずこの話をするようにしている。一キロのキャンディを、痛快にも売り切った話だ。同時に、バイヤーの手落ちが過剰在庫に繋がる教訓として。だが、本当に伝えたいのは企画課と営業課、いがみ合う二つの部署が結束した時の爆発力だ。果敢にトラブルに立ち向かった時、最後の局面で部署の垣根を越えた。仲良しこよしがしたいんじゃない。俺たちがしているのは、あくまでも仕事だ。ただ、闇雲に反目することでどちらも共倒れになる危険性と、何より腹を割って一致結束することの重要性は、おまえも身に染みているはずだ。新人ながら率先して、多くの卸先を獲得したおまえなら」

「古い話を」

「和解は一瞬だけで、その後、部署間の反目が続いたのは周知の事実。両者の溝は、そう簡単に埋まるものでもない。だからと言って、俺たちがそれを引き継ぐ理由もない。バイヤーの自己満足と言ったな。企画課のエゴが有害だと。だったらそれを、おまえたちが正せ。文句を言って、突き放してばかりじゃなく。そうすれば俺たち企画課も、もっと素晴らしい商品を海外から見つけ出してみせる。そうやって意地をぶつけ合いながら、仕事のクオリティを上げていくのが、本当の意味でのユービーフーズの伝統だ。だからこそ、中規模の会社であっても業界内で一目置かれる。これは、ユービーフーズの生存戦略の一つだ」

「それは……」

「迷惑だというなら、直接俺にぶつけろ。企画課が鼻持ちならない気取り屋なら、その鼻をへし折ってくれても構わない。子供じみた癇癪で、納品拒否なんてしてくれるな。俺たちの商品は、政争の具じゃない」

言い切って、昇は改めて部下のチョコレートを手に取った。

ニュージーランドから仕入れた、職人のこだわりが詰まった商品。それをそのまま佐島のデスクに返す。

チョコレートの箱を見下ろしたまま、佐島は何も言わなかった。

見届けて、昇はくるりと踵《きびす》を返《かえ》す。

フロアの外に出るまで、ついに営業課からは一つの抗議の声も上がらなかった。

＊

鼻歌交じりに、昇は自宅のマンションに戻った。

車のハンドルを握っている間も、ずっと口角が上がりっぱなしだった。営業課長の佐島を完膚無きまでやり込めてやった。二つの部署にいがみ合いは無用だが、トラブルを切り抜けた爽快感はまた別物だ。あれだけぐうの音も出なかったのだから、営業課の納品拒否が撤回されるのは時間の問題だろう。部下の苦労にも、報いてやることができる。

帰りは遅くなったが、幸いアヤもまだ帰宅してはいなかった。

時刻は午後の六時過ぎ。夕飯の支度をする前に、簡単に家の用事を片付けた。どこから嗅ぎつけたものか、エントランスの郵便受けには学習塾など子供向けのチラシがいっぱいだった。デリバリーのチラシと一緒に紐でまとめておく。翌日は、古紙の回収日だ。

出がけに干した洗濯物はすっかり乾いていた。娘に言われて柔軟剤を変えたので、畳んだシャツからはよその家の匂いがした。

てきぱきと風呂の掃除をやっつけた後で、いよいよ夕飯の準備に取りかかる。帰りのスーパーで買ったのは、牛と豚の合《あ》い挽《び》き肉と、玉葱、ニンジン、葉もののルッコラ。玉葱の半分とニンジンでスープを作って、メインはハンバーグにするつもりだ。合い挽き肉は、たっぷり四百グラムある。

昇がまだ学生の頃、最初に覚えたのがハンバーグの作り方だった。

友人に料理好きの男がいて、彼の作るハンバーグがとにかく絶品だったのだ。感銘を受けて、昇は友人のレシピを何度も真似た。

「合い挽き肉は冷蔵庫で冷やしておく、と」

買ったばかりの挽肉《ひきにく》を、一旦冷蔵庫の奥にしまう。ハンバーグ作りで重要なのは、肉を必要以上に温めないことだ。温度が高くなると、その分だけ出来上がりの肉汁が溶け出してしまう。友人から教わった、教訓の第一だった。

玉葱のみじん切りに取りかかる前に、愛用のエプロンを着ける。きゅっと後ろで紐を縛って、料理に気持ちを向かわせる。

挽肉四百グラムに対して、玉葱は半分。細かめのみじん切りにする。身長の分、頭の位置が高いせいか、昇は玉葱を切っていて目が痛くなった経験はなかった。それをアヤに話したら、「嫌味」と一蹴されてしまったが。

切り終わった玉葱をバターで炒める。電子レンジを使えば時短になるが、ここで玉葱に焼き色を付けておきたいのだ。香ばしさと甘みの元になる。

「料理は手間と、大いなる余裕……」

レシピを教えてくれた友人の格言を、ふと思い出す。手間をかけた分だけ料理は美味しくなるが、気が詰まっては心の毒。毎日、娘に夕飯を作るようになって、昇は改めてそのことを痛感した。食卓はレストランとは違うのだ。

弱火でじっくりと玉葱を炒めて、バットに移してから粗熱を取る。

その間に合い挽き肉の下拵えだ。冷蔵庫で冷やした挽肉は、指で触れるとひんやり冷たい。ボウルに入れて、まずは塩胡椒。卵一個、大さじ一杯の牛乳、それから気持ち多めのパン粉を加えて、後はわしゃわしゃと手で捏《こ》ねる。

ハンバーグを捏ねる際、昇は長年の悩みがあった。

人より手の温度が高いのか、捏ね始めるとすぐに肉の脂が溶け出してしまうのだ。肉の温度が高くなると、出来上がった時に肉汁が流れてしまう。ぱさぱさのハンバーグなど、段ボールを囓《かじ》るのと同じだ。

そのために事前に冷蔵庫で冷やすのだが、それでも昇の手の温度には抗《あらが》えないらしい。一分も捏ねていると、挽肉の表面に白い脂肪が浮かび始める。

解決策として昇が選んだのは「ほとんど捏ねない」という方法だった。

ハンバーグはよく捏ねて、と料理の教科書にはあるが、実際のところ、あまり混ぜなくても肉種はまとまる。それよりも肉の内部に脂を留めておくことの方が、ハンバーグの仕上がりにとっては重要なのだ。

さっと挽肉を掻き回して、三十秒も捏ねない。

他人が見れば、流石に不安になる短さだろう。一人でやる気安さから、昇はとっと作業を切り上げる。粗熱を取った玉葱を加えて、これもさっと捏ねたら肉種の完成だ。

フライパンを火にかける。

成形した肉種を置いて、まずは強火。表面にしっかりと焼き色を付けたら慎重に裏返し、水を加えて蒸し焼きにする。蓋をしたまま五分。食べ応えのある厚みにしたので、弱火でじっくりと火を入れる。仕上げにオーブンレンジを使う方法もあるが、家庭でそこまでやるのは頑張りすぎだろう。ハンバーグを焼いている間、スープの準備もしなければならない。

「大いなる余裕……」

　また呟いて、やや切迫してきた時間との勝負。

　ニンジン、玉葱を乱切りにして、水を張った鍋に投入。味付けはコンソメと塩胡椒。隠し味のニンニクチューブがアクセントとなる。後は残り物の白菜の漬け物。デザートは、定番のヨーグルトで済ます。

　そうこうしているうちに、ハンバーグの火入れが良い塩梅になり、蓋を外して火を止める。竹串を通すと、肉汁と一緒に赤い色味が流れ出た。まだ半生の状態なので、追加で一分火を入れる。

「ただいまー」

　フライパンからハンバーグを下ろしたところで、アヤが学童から帰宅した。

　最後の仕上げにソース作り。脂の残ったフライパンに料理酒、ケチャップ、ウスターソース。砂糖を小さじ一杯混ぜるのは、アヤと一緒に暮らすようになってからの工夫だ。弱火で煮詰めて、ハンバーグの上にかける。

　仕上げにルッコラを飾れば、朝霞家特製「捏ねないハンバーグ」の完成だった。

「いただきます」

　手を合わせて、アヤが箸を持ち上げる。スープから一口。

　昇がいつも感心するのは、洋食を出してもアヤが箸を使うことだった。海老フライでもロールキャベツでも、アヤは上手に箸を使う。流石にパスタやステーキはフォークだが、それは昇でも同じ事情だ。外に食事に行った時、箸だけの店でも困らないよう、アヤなりに考えてのことかもしれない。

「美味しい」

　ハンバーグに手を付けて、アヤは素直にそう言ってくれた。箸で割ると、狙い通りたっぷりの肉汁が溢れ出た。丁寧に肉種の表面を成形して、無駄な脂の流出を防いでいるのだ。噛みしめれば、じゅわっと濃厚な味が広がる。

「玉葱は辛くないか？」

　ご飯と一緒に食べているアヤに、昇は質問する。玉葱が硬めだと「苦い」と文句を言う娘なのだ。そのために、玉葱はバターで丁寧にソテーしてある。

「うちのハンバーグって甘いよね？」

「バターを入れすぎたか？」

「ううん。ソースが美味しい。給食で出るハンバーグって、ケチャップが酸っぱいから」

箸で摘んだ肉にたっぷりソースを絡めながら、アヤはハンバーグを口に入れる。ソースの出来映えも満点だった。テーブルの下で、昇は密《ひそ》かにガッツポーズを取る。

「何か良いことでもあったの？」

おおかたハンバーグを食べ終えたところで、アヤがぽつりと聞いてきた。てっきりソースの塩梅の件かと思ったが、アヤの表情を見る限り、どうやら別のことらしい。

「だって、うちでハンバーグが出る時って、何か良いことがあった時でしょ？　私のテストの点数が良かったり、先生に褒められた時とか」

「ああ……」

言われて、昇も心当たりは十分だった。確かに機嫌が良いと、ついハンバーグを作ってしまう。簡単だし、食いでがあるし、何よりちょっとしたご褒美感を与えてくれるのだ。アヤと暮らすようになる前から、昇にはその癖があった。

ただ、そのことをアヤから指摘されるというのは……。

「何を笑ってるの？」

「いや、我ながら単純だな、と。仕事が上手く片づいたのさ。天敵からの逆襲を退けて」

「天敵？」

会社であったことを、昇はかいつまんでアヤに説明した。突然の納品拒否。責任者同士の直接対決。古い話を持ち出して、見事、相手をやり込めたこと……。

「なんか、子供の喧嘩《けんか》みたい」

当の子供に言われてしまった。

ふっかけてきた佐島の方も幼稚だが、それに対してむきになってやり返してしまった昇の方も、今考えれば、同じ穴の狢《むじな》だ。

「その人と、同じ時に会社に入ったんでしょ？『同期』って言うのは」

「ああ。十七年も前の話だ。アヤも生まれてなければ、アリシア……アヤのママにも出会っていなかった」

「仕事がきっかけで、ママと知り合ったの？」

「当時、彼女はパリで通訳の仕事をしていた。学校に通いながらだが。ワインの買い付けに行って、向こうが無理矢理、現地の通訳として寄越してきたんだ。俺は、フランス語なら大丈夫って話したのに」

「強引なところが、ママらしいね」

「その後も、彼女の押しの強さにはやりまくられて……いや、何の話だったか。とにかく、佐島とは同期の桜だ。昔からあいつは営業畑で、俺はバイヤーの卵だった。その頃はよく、会社の悪口を言い合ったもんだが……」

「じゃあ、二人は仲良しだったの？」

言われて、昇は面食らった思いだった。

佐島との仲？　企画課と営業課に分かれた時点で、多少なりとも溝はあった。歳を重ねるごとにお互い、所属する組織の色に染まった点は否定できない。けれど、こうまで対立が深刻になったのは、それほど昔のことじゃなかった気がする。廊下ですれ違えば、軽口くらい言い合う仲だった。

それがいきなり佐島の態度がきつくなったのは、おそらく今から半年以上前。アリシアが亡くなり、アヤを引き取ることが決まって、昇がバイヤーの第一線から遠ざかったのを契機に……。

「何か、理由があったのかもね」

言うだけ言って、アヤは食後のデザートに手を付け始めた。勝手に台所の棚から蜂蜜を取り出してくる。

指摘されて、昇はなかなか食事に復帰できなかった。

＊

週の明けた月曜日、チョコレートが納品されたと部下から連絡があった。

報告に来た沢代の顔は、ほくほくだった。

「これで、今期のノルマが達成できます！」

あくまで自分本位な発言に、もう少し全体を見る目を養ってほしいと思う昇だ。

一報を聞いた後で、昇はその足を会社の屋上へと向けた。

自社ビルの五階からさらに上がると、広い屋上に出る。普段は立ち入り禁止で、入り口の扉は固く施錠されている。以前、会社とは全く無関係の人間が入り込んで、飛び降り未遂の騒動を起こした経緯があるのだ。当時、昇は海外に出張中で、詳しい顛末を聞いたのは日本に帰国してからだった。どうも、迷惑な酔っぱらいの仕業だったらしい。

侵入禁止の張り紙まで付けて、最近では屋上に上がれることさえ知らない社員も多いようだ。一方で、こっそり屋上を利用するのがベテラン社員の悪癖の一つだった。

昇もちゃっかり、鍵を一つ拝借している。

扉に手をかけると、案の定、鍵は開いていた。

そのまま、屋上に出る。灰色の曇天。空気は重く、雨の気配か、肌に絡みつくしつこさがあった。

遠くに目を凝らすと、先客が手摺《てす》りに寄りかかる形で昇に背を向けていた。大柄な体格。ワックスのかかった後頭部の横から、ゆらりと白い煙が立ち上っている。タバコの明かりが、ちらりと見えた。

「中学生みたいな真似をするなよ」

近づきながら、昇は大柄な背中に呼びかけた。

振り返った当人が、実に迷惑そうな顔をしている。天敵である営業課長、佐島は昇の登場を予期していなかったらしい。

「会社で、タバコが吸えるのはここだけだろう」

「タバコ自体を止めろって言ってるんだ」

「どの口が言う」

「俺はきっぱりと止めたぞ。バイヤーとして、独り立ちするとなった時に」

言わずもがな、食品を扱う上で喫煙は御法度だった。喫煙を続けると、特に薄味を感じづらくなる。社内的にも、タバコは禁止事項の第一等だった。最近の入社面接では、喫煙の有無を最初から尋ねるそうだ。

とは言え、昇の世代にまだ喫煙の習慣は根深かった。海外に行くと、一流だと言われるシェフが平気でタバコを吸っている姿を見かける。昇自身はきっぱりと縁を切ったつもりだが、こうして喫煙者を目の当たりにすると、昔の感覚が疼くのも確かだ。

「風紀委員かよ。説教するのが目的か？」

「部下のチョコレートに関して。納品先を、予定よりも広げたと聞いた。部下は有頂天だった」

本来、予定されていた納品先は一社のみ。そこに加えて、余剰分を別の会社にまで回したというのだ。「棚からぼた餅」と言った部下の台詞の通りだ。

「ああも無様にやり込められたんだ。開き直るより他ない。あの場で見ていた、部下たちへの体面もある」

「その点については謝る。おまえをこけにするつもりはなかった」

「だろうな」

「つまらない意地の張り合いだ。今回はたまたまこっちに軍配が上がっただけで」

「例のチョコレート、売れてるらしいぞ。担当者から早速報告が入った。どいつもこいつも、お題目が大好きだな」

言って、足元の地面にタバコの火を押しつける。そのまま捨てるかと思ったが、携帯用の灰皿にきっちりと入れた。社会常識は一応、持ち合わせているらしい。

くるりと手摺りから身を翻す。昇の方に近づいたのは、単純に屋上を立ち去るのが目的のようだった。

「なあ。何であんな真似をしたんだ」

すれ違う瞬間に、昇は詰問した。

大きな背中が、ぎりぎりのところで立ち止まる。

「おまえにしても無茶なやり方だった。いくらなんでも、納品拒否はやりすぎだ。俺が会社の上層部に告げ口でもしたら、どうするつもりだったんだ」

「そんなつまらない真似」

「ああ、やらないさ。だが、つまらないと言えば、おまえの態度だろう。どうしてそこまで俺を目の敵にする？　企画課の責任者だからか。それとも同期の僻《ひが》みか。仲良くしろなんて言わない。だからって、きつく当たられるのは不可解だ」

「自分の胸に聞いてみろよ」

「俺のせいだって言うのか？　俺が、おまえに何かしたと」

「これだから、気取り屋は……」

吐き捨てて、佐島はゆっくりと振り返った。胡乱《うろん》な目で、昇を見据える。

「一つだけ言っておいてやる。今回の一件。確かに、俺はあのチョコが気に入らない。売れようが売れまいが、俺のかんに障るんだ。だから、納品を拒否した。だがな、おまえが自分の足で見つけてきた商品だったら、俺はあんな真似はしない」

「……」

「デスクで踏ん反り返ってるなんざ、バイヤーの腐れだ」

それきりだった。大柄な影は、建物の中へと姿を消す。

一人取り残されて、昇はしばらく動けなかった。

第五話　伊勢海老と姉の想い

平日の夜、昇がリビングで寛《くつろ》いでいるところに、姉の尚子《なおこ》から電話があった。

――ねえ。伊勢海老《いせえび》ってどうやって調理するの？

「は？　伊勢海老？」

――友達からもらっちゃったの。三重県《みえけん》に行ったお土産だって。三重って、伊勢海老が名物だっけ？

「そりゃ、伊勢神宮《いせじんぐう》があるくらいだから……」

――うちって正君《まさ》と二人暮らしでしょ？　三尾もらっても食べきれないし。そもそも、どうやって料理したらいいかわからないの。

「伊勢海老なら、やっぱりお刺身じゃないか？　冷凍物なら解凍して、頭と胴体を分離させて……」

――え。頭をぶっこ抜くの？

「抜くというか、綺麗に分離させてだな」

――ねえ、うちに来て調理を手伝ってよ。正君も生ものを触るの苦手だし。この前なんか、仕事の付き合いで海釣りになんて行ったから……。

「いや、それはともかく。家に来いって？」

――アヤちゃんも連れておいでよ。久しぶりにお話ししたいし。今週の日曜、お昼からで決まりね？

＊

「お腹空いたー」

車の助手席で、アヤがぶーぶー文句を言っている。シートベルトをきつめに締めて、アヤの顔は空腹で青ざめるくらいだった。渋滞中の都内の道路。一キロ先でバイクの事故があったらしく、さっきから車の進みは牛歩並だ。これだから、休日の道路は嫌になる。

昇の姉、尚子は都内のマンション暮らしだった。普段なら、昇の自宅からでも一時間とかからない。都心に近い一等地だが、姉は数年前に旦那の時田《ときた》正克《まさかつ》氏と新築のマンションを購入している。

「ローンで首が回らないの」

と本人は何故《なぜ》か被害者面だが、三重のセキュリティが入ったマンションは昇の目から見れば贅沢《ぜいたく》の極みである。アヤも姉の家を訪問するたびに、目をきらきらと輝かせている。

姉の尚子とは、頻繁に互いの家を行き来する仲だった。四十過ぎの姉弟でそれほど距離が近いのも珍しいが、これは昇の家庭事情が大きく影響していた。

アヤを日本で引き取ると決めた時、真っ先に協力を申し出てくれたのが、姉の尚子だったのだ。

昇が忙しい時は、アヤちゃんをうちで預かってもいい——。

そう提案された時、昇がどれほど心強かったか。いくら、土日は完全休み、定時退社を心懸けたところで、やはり男手一つで娘を育てるのには限界がある。まず、アヤの夏休みをどう乗り切るかが問題だった。昇の有給を消化したとしても、一ヶ月半も会社を留守にするわけにはいかない。他にも学校の行事やアヤのプライベート、あるいは昇の都合で、どうしても休日出勤しなければならないことだってある。そうしたイレギュラーに全て対応してくれたのが姉の尚子であり、その二歳年上の夫、正克氏だった。

これまでに、アヤはもう何度も姉のマンションで寝泊まりしている。帰り際「ここに住みたい！」と言い出すくらいで、姉夫婦との関係も良好だ。姉とは「なおちゃん」「アヤちゃん」と呼び合う仲。どうやら女同士、密かに通じるものがあるらしい。父親の悪口でなければいいが……と不安に思う昇だ。

「ねえ、なおちゃんの仕事は忙しくないの？」

ようやく車が進み始めて、アヤは昇に尋ねてくる。

「翻訳の仕事か？　さてな。相変わらずいい加減にやってるんじゃないか」

「雑誌の翻訳をこの前、なおちゃんに言われて手伝ったの。少し、フランス語で書かれた箇所があったからって」

姉の尚子は、結婚を契機に翻訳の仕事を始めた。専門は英語。細々と海外の記事を訳して出版社に売っているらしいが、そこにアヤが手を貸しているとは初耳だ。こっそり、お小遣いももらっているかもしれない。

ちなみに、結婚前はＩＴ企業のディレクター職をしていて、その時の縁で現在の夫と知り合ったのだと聞いた。

「あまり深入りするなよ。尚子は、人を利用するプロフェッショナルだ」

「なおちゃんて、話が面白いよね。色んなことを知ってるし、何でも私に話してくれる。日本に来て、自分のことを話したがらない人ばっかりだったけど、なおちゃんは別だったな。すごく楽しい」

「あいつは、ただお喋りなだけだ」

四十年の積み重ねを思って、昇は苦笑する。現在は姉に助けられている昇だが、その奔放さと頑固さで、迷惑を被った経験は一度や二度じゃないのだ。まあ、若い時分に根無し草だったことについては、昇も人のことは言えなかったが。

「それより、腹は我慢できるか？　向こうについても、すぐに伊勢海老が食べられるわけじゃないぞ」

「え。なおちゃんが用意してるんじゃないの？」

「あいつに、伊勢海老が捌《さば》けるもんか。細切れになって出てくるのが落ちだ」

「朝ご飯、食べておけば良かった……」

助手席で、アヤはさらに体を小さくする。

伊勢海老の話を聞いて、アヤはわざわざ今朝の食事を抜いたのだ。好物という話は聞いたことがないし、もちろん自宅の食卓に出した例《ためし》もない。どうやら、学校の授業で知ったようで、伊勢神宮を学ぶ以上に、アヤは豪華な刺身盛りの方に興味を引かれたらしかった。食い意地は、間違いなく遺伝している。

車を走らせること二時間。普段の倍以上の時間をかけて、ようやく目的のマンションの前に到着した。近くのパーキングに車を駐める。三十分あたりの駐車料金に一瞬目を剝く昇だったが、アヤの手前、平気な振りを決め込む。

エントランスの呼び出しボタンを押すと、姉の陽気な声が返ってきた。予定より遅れることは、すでに車内から連絡してある。

――やっほー。アヤちゃん。

「なおちゃん、こんにちは」

――相変わらず美人さんだね。どんどんお母さんに似てくるね。

「ママみたいに綺麗じゃないよ」

――えへへ。クラスの男子が放っておかないぞー。

「おい。客に立ち話をさせるな。早く鍵を開けてくれ」

――待って。次の扉でも呼び出してもらうから。

姉のマンションを訪ねるたびに厄介なのが、この厳重なセキュリティだった。エントランスの扉を抜けると、通路の中程でまたインターホンを鳴らす。これを玄関の扉も含めて、都合三度繰り返す必要があるのだ。

「成金《なりきん》趣味め」

と一度、昇は嫌味を言ったことがあるが、「全然だよー」と姉の態度に悪びれたところはなかった。本当の金持ちは世帯ごとにエレベーターが備え付けなんだよ、と。

うるさい記憶を振り払いつつ、ようやく姉たちの部屋の前まで来る。インターホンを鳴らす前に、流石に姉が出迎えた。

「いらっしゃい」

と、扉から姉の顔が覗《のぞ》く。

昇に似て、背の高い姉だった。百七十センチちょっと。手足が細くて、昔バレエの教室に通っていた経歴もある。小さな顔にこざっぱりとした化粧。うるさい髪を後ろで結わいて、これでジャージでも着ていれば色気の薄い体育教師だ。実際には、白いTシャツにモスグリーンのハーフパンツ。足元は裸足《はだし》だが、ネイルがきらきらと輝いているところはお洒落《しゃれ》に抜け目ない姉らしい。いつもの人好きするにこっとした笑顔で、昇たちを迎えた。

「体の調子は？　先月、寝込んだらしいじゃないか」

「うん。ちょっと貧血を拗《こじ》らせちゃって。正君に迷惑かけちゃった」

「お互い、いい歳なんだから」

昇が四十一で、姉の尚子が今年で四十四歳だ。二人とも年齢ほど老け込んではいないが、中身は若い時のようにはいかない。

それ以前に、昔からちょっと病弱なところのある姉なのだった。

「いらっしゃい。昇君、アヤちゃん」

リビングに上がると、ソファから立ち上がって、姉の夫、正克氏が出迎えた。すらりと細いのは姉と同様である。ただ、男性である分「ひょろり」という印象の方が強かった。頬などは少し痩せ気味で、若干顔色も青い。Tシャツにジーンズという、こちらもラフな格好。表情からは、本人の優しい気質が垣間見《かいまみ》える。

「ご無沙汰してます。義兄《にい》さん」

「昇君は相変わらずのご活躍だね。ネットのインタビュー記事を読んだよ」

「管理職のよろず仕事です。昔取った杵柄《きねづか》というか」

「世界の食材ハンターって昔の番組、尚子がしょっちゅうDVDで見直してるよ」

「若気の至りです。義兄さんこそ、お仕事は？」

「うん。ぼちぼちだね。僕のは趣味みたいなものだし」

　義兄は、大手のシステム開発会社でエンジニアの仕事をしている。昇はその手の業界に明るくなかったが、どうも画期的なソフトをいくつも開発した優秀な人材であるらしい。スカウトの話もちらほら。それはのらりくらりとかわして、マイペースで仕事をこなす義兄だ。

「ねえねえ、正さん。この前の試合は見た？」

　昇の後ろから割り込むように、アヤが勢いよく顔を出す。

「ああ。全日本選手権ね。九十キロ級の選手が優勝した」

「そうなの！　百キロ超級の選手が、一本負けしたんだよ！」

潑剌《はつらつ》とアヤが言い募るのは、柔道の話題だった。

それに、にこにこと応じる正克氏。

実は二人には「格闘技好き」という共通の話題があって、姉の尚子以上に話が合うらしいのだ。ひょろりとした体格ながら、正克氏も学生時代はキックボクシングのサークルに参加していた。どうも昇の周囲には、体育会系の人間が集まる傾向にあるらしい。

「アヤちゃん。伝説のタイ人ボクサーの秘蔵映像が手に入ったよ。向こうのテレビで見る？」

「うん、見たい！」

昇にはよくわからない興味を引いて、二人はテレビの前に向かう。すでに姉の家では、アヤを接待する準備は万全のようだった。

「じゃあ早速、伊勢海老を調理しちゃおっか」

言い出して、姉の尚子が昇を台所へと案内する。

「しちゃおっか」も何も、実際に包丁を握るのは、間違いなく昇の仕事だ。その横で姉は、ぺちゃくちゃとお喋りを続けるに決まっている。昔から姉は、口が達者で手先は不器用ときている。

「言われた通り、流水に晒して、解凍しておきました」

「了解。それじゃあ、殻から外して……」

ボウルに入った伊勢海老を前に、とにかく調理に取りかかる。昇にしても、伊勢海老を料理するのは初めての経験だった。ユービーフーズでは基本、国内の商品は取り扱っていない。海外でも生鮮食品は範疇《はんちゅう》外で、昇も決して専門とは言えないのだ。

ただ、伊勢海老が調理される現場には立ち会ったことがある。取引先の社長が割烹《かっぽう》の店を開いた縁で、その調理場に昇もお邪魔させてもらったのだ。あまりに見事な包丁さばきに、その手つきが昇の脳裏に焼き付いたくらいだった。その時の見よう見まねで調理を進める。

まずは包丁を入れて、頭部と胴体の薄皮を切る。綺麗に一周回ったところで、頭部を捻りながら胴体から引き離す。ごろっと、伊勢海老の白い身が溢れた。

後は腹の部分をはさみで切って、胴体から身を取り出せば下準備の完成である。氷水の張ったボウルに、新鮮な身をさらした。

「これっぽっちしか取れないの？」

横から見ているだけの姉が不満そうに口を挟む。

本人は、まな板に近づこうともしない。

「高級品だからな。キャビアやフカヒレと一緒だ」

「フカヒレなら、お腹いっぱいになれるのに」

「そんなブルジョワな事情は知らん。ちゃんと身以外の部分も利用するさ。アラ汁も作るし、味噌の部分だって美味い」

言いながら、作業の手を進める。

姉の無駄口に付き合っていたら、いつまで経っても料理は出来上がらないのだ。

「そうだ。昇に聞いておきたかったんだけど」

味噌汁用に海老の頭部を割ったところで、姉がまた口を挟んでくる。余分な内臓を搔き出しながら、昇は耳だけ傾ける。

「職場の人にはもう話したの？　アヤちゃんのこと」

流石に、はさみを持つ手が止まった。半端な大きさに切ったところで、伊勢海老の殻をまな板に戻す。

すぐ隣の姉の顔を睨んだ。

「さては、それが目的だったな」

「だって、大事な話だもの。アヤちゃんの将来にも関わること。昇が一人で娘を育ててるってこと、会社の人は理解してるの？」

「家庭の事情なんていうのは……」

言いながら、どうしても歯切れの悪くなる昇だった。

アヤの存在は、会社の人間には詳しく話していない。昇が結婚していたことは多くの人間が知っているし、左手から結婚指輪が消えた時は、社内でもちょっとした騒ぎになった。

ただ、具体的な経緯や事情を昇は極力、職場の人間には話してこなかった。商品企画課の部下たちも、定時ぴったりに上司が退社することを「仕事の流儀」くらいにしか考えていないはずだ。

「問題ないだろ。役職に就いて、もう一年近くだ」

「そうかなー。アヤちゃんの立場はどうなるの？　給食の件では泣いたって」

「なっ。その話……」

「昇のことを悪く言うんじゃないのよ。あくまで話の一例。私はただ心配なだけ。アヤちゃんのこと、日本に帰ってきてからの生活のこと。それから、たった一人の弟である昇のこと」

言われて、昇は押し黙るしかなかった。全て、姉には筒抜けだった。いや、そもそも見透かされていたのだ。昇が陥ってる現状を。だから、今回、伊勢海老にかこつけて、昇とアヤを家に招待した。こうして話をするために。

「真面目な話。昇は、もっと真剣に考えるべきだと思うの。今の生活に、昇は本当に問題ないって胸を張れる？」

「俺は」

「無理をしてるんじゃない？　窮屈に感じることは？　環境が変わったのはアヤちゃんだけじゃないわ。昇自身の生活も大きく変わった。だって昇は、働き方を変えたんだから」

＊

旧友のユーゴから元妻の訃報を受け取った後で、昇がやらなければならないことは無数にあった。パリでの葬儀に駆けつけること。一刻も早く、アヤの手を握ってやりたかった。

教会でアリシアの遺体と対面した時、昇の胸に込み上げてきたのは怒りだった。事故を起こした人間に対する、激しい憎悪。脇見運転の玉突き事故だった。雨の高速道路。元妻が運転に不慣れだったとは言え、事故を回避することは不可能だった。過失を犯した運転手も事故後しばらくして亡くなり、昇は怒りのぶつけ先を失った。

そうなると、自分自身を責めるしかなかった。

何が、元妻を今の状況に追いやったのか。離婚を切り出してきたのは彼女の方だが、関係の修復に昇が尽力したとは言いづらかった。当時、昇は会社の存亡に関わる大きな案件を抱え、家族を顧みる余裕がなかった。

それで最終的には元妻の方が愛想を尽かして、アヤを連れてフランスへと帰った。

その結果の交通事故。犯人と同様に、昇が負うべき罪は重い。

しばらくの自己嫌悪の後、今度はより現実的な問題に向き合う必要があった。元妻の遺産の管理。その大半が娘のアヤに譲られるが、残った家などは適切に処理しなければならない。その点は旧友のユーゴが力になってくれた。細かい税制も含めて、専門家の指示を仰いで、大半の雑務を引き受けてくれたのはユーゴだった。

残る問題は、アヤをどうやって育てたらいいのか。

昇が日本に連れ帰るというのは、かなり早い段階から決まっていた。パリに頼れる親類はいないし、まさか昇自身がフランスで暮らすわけにもいかなかった。妻と別れてから、実に五年ぶりのパリだったのだ。

「日本で暮らそう」

そう切り出した時、アヤはひと言も口を利かなかった。

「ノン」でもないし「ウィ」でもない。昇の顔を見ようともせず、ただ昇に手を引かれるまま、住み慣れたパリを離れて東京行きの飛行機へと搭乗した。窓際の席で、じっと外を見ていたアヤの横顔を、昇は一生忘れることはないだろう。

続けて、やるべきことは決まっていた。昇の仕事の問題だ。

今までのように、世界中を飛び回ってはいられない。バイヤーとして、世界の食材ハンターとして、自由自在に羽ばたく環境を昇は失ったのだ。そのことを、会社に報告する必要があった。

昇の話を聞いて、当時の上長は「どうする？」と話を昇に預けた。昇がどんな思いでバイヤーの仕事をして、またこれまでどれだけの実績を上げてきたのか、社内では知らぬ者はない事実だったのだ。

「会社を辞めます」

昇は、そう話をするつもりだった。どんな事情にせよ、アヤを育てながら今の仕事を続けるわけにはいかない。他の部署、例えば営業課に回るなんて考えられなかったし、未練を引きずるくらいなら、いっそ別の業界に転職した方がましだった。昇の夢はバイヤーとして、日本の食文化を変えることだったのだ。

だから、「企画課の課長を引き受けてみないか？」と言われて、昇はうまく返事ができなかった。何しろ言った当人が、当時の企画課長その人だったから。

「俺は商品部の部長に上がる。おまえが、その後を引き継いでみないか？　もちろんそれで問題が解決するわけじゃない。むしろ部下の面倒を見る分、気苦労は増すかもしれない。それでも、一年の大半を海外で過ごす必要はなくなる。会社のデスクから部下に指示を出すのが責任者の務めだ。おまえなりの働き方を見つけてほしい。頼むから、会社を辞めるなんて言ってくれるな。ここでおまえを手放したら、ユービーフーズは業界の恥さらしだ」

そこまで言われて、昇も懐の退職届を収めたままにするしかなかった。

正直言えば、自分のような人間に管理職が務まるとは思わなかった。現場志向が強すぎる。昇は生涯、現場のプレイヤーであることを誓っていたのだ。

ただ状況が変わって、その決意を全うすることは難しくなった。昇にはアヤを育てるという、より大きな使命が与えられたのだ。

どこかで折り合いをつけるなら、上司の言う提案しか考えられなかった。

課長職として、会社のデスクで現場に指示を……。

それなら、と付け加えて、昇は会社にこう条件を出した。

基本的には、会社を定時で上がること。休日出勤はしない。アヤとの時間を確保することが、どんな場合でも最優先だった。

それから昇の家庭事情については、社内では少数の人間の耳に留めること。

自分の事情で、部下やこれまでの同僚たちに気を遣われるのは避けたかった。家庭と職場に一線を引くのが、昇の譲れない仕事の流儀だ。

会社は全ての条件を呑んで、改めて昇を迎えてくれた。そうなれば、全力でそれに応えるのが昇の責務だ。今まで以上の厳しさで仕事に当たった。勤務時間が少なくなった分、無駄口も休憩も余計な時間は極力削った。部下たちの尻も全力で叩く。付いた通り名が「鉄の企画課長」。昇は社内で恐れられながら、自分が現場に立っていた時以上の実績を、部署として上げ続けた。

その傍らで、アヤとの生活。

五年ぶりの娘との暮らしは、問題が雪崩のようだった。

それでも、何とか乗り越えてきた今日までの時間。昇の胸にあるのは、一定の達成感と、これからさらに良くなるだろうとの期待だ。

自分が選択した道は間違いじゃなかった。アヤとの暮らしも、新しい働き方も。

だが、何故だろう。

職場にいて、時々、胸にすきま風を感じることがあるのも事実だった。

*

「あ。お味噌を買い忘れちゃった」

わざとらしい間合いで、姉の尚子が声を上げる。

台所には、調理途中の伊勢海老が半端なままでほったらかしだ。三尾のうち二尾まで殻を外したところで、作業の手は止まっている。

「ねえ、正君。留守をお願いしていい？」

リビングの方に呼びかけて、姉は外に出る支度を始めた。テレビの熱戦に釘付けらしい二人組は、「うーん」と気のない返事を寄越すのみだ。

姉の背中に促されて、昇もマンションの部屋を出る。姉がより踏み込んだ話をするために、部屋を離れたのは明らかだった。繊細な事情を、万が一にもアヤの耳に入れるわけにはいかない。

マンションの外はそろそろ日が頂点だった。日差しを強く感じる。見知らぬ界隈だったが、近くから昼食らしい匂いがした。

「昇が結婚なんて、当時は全然ぴんと来なかったな。その上、子供まで作っちゃうなんて」

十年以上前のことを、今さら姉は蒸し返した。手には、ブランド物らしいエコバッグ。味噌一つ買うのに彼女がどこに向かっているか、昇は知らない。

「離婚して当然って口ぶりだな」

「だって、根無し草の昇がだよ？　当時は私もお母さんも、昇がどこで暮らしてるのかも知らないくらいだったし。海外でのたれ死に、あるいはすかんぴんで逃げ帰ってくる……それが、美人のお嫁さんを連れて来るなんて」

「家族は、反対してると思ってた」

「国際結婚の難しさは、親の世代なら心配だしね。でもアリシアさんに会って、私は納得したな。うん。昇ならこの人だ。芯が強いし、何より生き方がとても潔い」

「その思い切りが結局、離婚に繋がった」

「離れて暮らすことを、私はそんなに悪くは思わないけど」

言いながら、日差しに目を細める。

今でこそ、高級マンションで悠々自適な姉の生活だが、少し前までは夫との間で色々と揉めることも多かったと聞く。昇に対していちいちお節介を焼くのも、年長者として、何か教訓めいたものを伝えようとしているのかもしれない。

「はっきり言うとね、私は昇が羨ましかった」

昇の半歩前を歩きながら、その横顔がぴしゃりと告げた。

遠い視線が、どこを見ているかわからなくなる。

「私は子供ができなかったから。知ってるでしょ？　私たちが不妊治療をもう止めたこと」

「ああ。体調不良は、薬の副作用だって」

「正君には、いっぱい迷惑かけちゃったな。結局は私の問題だったのに。無理した結果、体もお財布もぼろぼろだよ」

冗談めかして、首を左右に揺らす。

昔から体の弱かった姉だが、妊娠しづらい体質であるとわかったのは、結婚してすぐのことだったらしい。不妊治療を続けて十年。二度の流産を経験して、姉は今の暮らしを受け容れることに決めた。

当時、自分の問題にかかり切りで姉の力になれなかったことを、最近になって昇は後悔するようになった。仕事の第一線を離れると、実に多くのことが見えてくる。

「だから昇にも、もちろんアヤちゃんにもちゃんと幸せになってほしい。アリシアさんのことは本当に残念だったけど……二人で手を取り合えるなら、きっと乗り越えることができると思うの。でもね、だからと言って、昇が無理をしているのは見てられない。これは、姉としての老婆心。昇は本当に、今の状況に納得してる？」

「俺が考えるのは」

「本当は、後悔してるんじゃないの？　前みたいに世界中を飛び回りたいって。日本の食文化を変えるんだ。若い時から昇の口癖だった。業界でも一目置かれて、メディアにも取り上げられて、夢まで後一歩……というところで、現場を離れたことには納得してる？　バイヤーとしての未練は」

言われる分だけ、昇は身に染みるばかりだった。

アヤのことを思って、仕事のやり方を変えた。海外出張は控えたし、定時上がりを心懸けているのも自分に課したルールの一つ。この一線を今後、昇は踏み越えることはない。

それでも、鈍く胸の内に疼くものがあるのは確かだった。

部下たちの活躍に目を見張るたび、かつての自分と重ね合わせる瞬間があった。自分ならもっと上手くやれる。きっとこの方法で、それで駄目ならあのやり方で、食材と生産者に向き合うだろう。自分がまだ現役だったなら、部下たち以上の逸品を発掘してみせるのに、と。

未練がましいと、我ながら思う。

きっと会社のデスクからでも、日本の食文化に貢献できることは多いはずなのだ。それでも、かつての高揚が忘れられない。自分の手で新たな食材を発見した瞬間。それをヒット商品にまで育て上げることの快感。まるで背中に羽が生えたように、昇はどこまでも高みに上がれると信じていたのだ。世界の食材ハンターとして。

きっとその未練があるから、営業課の佐島にも、見透かされた部分があったのだろう。チョコレートの一件で、けちを付けてきた経緯。バイヤーの腐れ、と昇のことを罵った。昇の家庭事情を佐島はおそらく知らないはずだが、端から見ていても、そのもどかしさがかんに障ったに違いない。だからこそ佐島は苛立ちと共に、昇にこう言い放ったのだ。

おまえが自分の足で見つけた商品なら、あんな真似はしない、と。

役職に就いて、全てに納得したはずだった。それでも他人の目に昇の迷いは透けて見えているようだ。おそらく、姉の目にも。

「ねえ。本当にそれでいいの?」

いよいよ立ち止まって、姉は昇に問《と》い質《ただ》した。

人好きのする、柔和な表情は消えていた。細くなった目元に、真剣な凄みを湛《たた》えている。いつか見たなと思ったら、それは子供時代、姉の宝物である猿の人形を壊した時の表情に似ていた。その人形を、姉は一歳の頃から大事に持ち歩いていたのだ。

本当にそれでいいの——？

詰問は、昇の脳裏にこだまする。

その台詞さえ既視感があると思ったら、今度はそれは、昇の過去に直接繋がるものだった。当時、その台詞を口にしたのは……。

＊

「本当に、それでいいのか？」

立ちつくす妻に、昇は問い質した。

隣の部屋では、五歳の娘が泣き疲れて眠っている。何かあったわけではないのに、家族の変化を察してアヤはわっと泣きわめくのだ。必死にあやして、娘がベッドに入ったのは深夜の一時過ぎ。昇にもどっと疲れが来て、それでも妻との会話を中途半端に終わらせるわけにはいかなかった。これは、家族の危機なのだ。

「それでいいって、何が？」

昇の深刻さとは裏腹に、どちらかと言えばさばさばと受け答えるのが妻のアリシアだった。真剣味に欠けていると、昇は思う。彼女の方から言い出したというのに、膝を突き合わせて話し合おうと思っても、妻の方ではまるで夕飯のメニューでも決めるような口ぶりだった。いつも通りで構わないから、と。

「俺は、いつも真剣に話しているじゃないか。君が『フランスに帰りたい』と言い出してからは特に。どうして、そんなに落ち着いていられるんだ？　俺たちはもう、一緒に暮らせないかもしれないんだぞ」

「あなたがフランスに来られないなら、きっとその通りね。私は向こうで仕事がしたい。これは、私自身の夢でもあるの。自分の限界にチャレンジすること。自分のキャリアを極めるのが、そんなに責められる問題かしら？」

「俺たちは夫婦だ。六年間、紆余《うよ》曲折《きよくせつ》があったとは言え。簡単に別れるなんて、俺は受け容れられない。たくさんの人に、迷惑をかける結果になる」

「他人のために、結婚したつもりなんてないわ」

「俺たちだけの問題じゃない！　アヤの気持ちは、どうなるんだ!?」

声を大にして、昇が言いたいことはそれだった。

五歳になった娘のアヤ。夫婦が別れるということは、アヤがどちらかの親を失うことを意味している。精神的には結びついていても、実情は離れて暮らすことを余儀なくされるのだ。この場合、日本とフランスと遠く離れて。

「アヤの気持ちを、優先することが大事なの？」

信じられないのは、妻の口から平然とそんな言葉が出ることだった。

昇はそのたびに戸惑いながら、妻に反論する。

「当たり前じゃないか。俺たちの、たった一人の娘だぞ」

「そうね。私たちの子供よ。だから、私たち自身が幸せでなくちゃならない」

「大人の事情は……」

「私たちの事情を、娘の幸せに追従させなきゃいけない理由は何？　私たちは子供の道具？　ただのベビーシッター？　いいえ、親である前に一人の人間よ。私たちには自分自身の幸せを追求する権利があるの」

お国柄の違いと言えば、それまでだった。昇も頭では理解している。

日本に比べて、フランスの離婚率は非常に高い。その値は、実に五割以上。結婚した夫婦の二組に一組が、離婚に至った計算になる。

そもそも結婚観からして、二つの国では別物だった。フランスでは、純粋に愛する二人が結びつくもの。個人と個人の絆だから、それを破棄する場合もまずは個人が問題となる。日本のように家族がどうの世間体がどうのと、離婚に関する煩わしさは、比較的小さい。

そしてもう一つには、個人の権利をとことん追求する姿勢があった。

誰もが、幸せになる権利がある。その権利は、自分自身で追い求めなければならない。誰かが、親切に与えてくれるものじゃなかった。自分の幸せは、自分が一番に考えなければならない。だからこそフランスの夫婦は、自分たちが幸せになるため、子供がいても離婚に踏み切る。

決して、妻が娘の存在を蔑《ないがし》ろにしているとは思わなかった。彼女が言うように、親の幸福があって、初めて娘の幸せがあるというのは、昇にも理解できる理屈だ。

けれど、理解することと、納得することの間には大きな溝がある。

その点で、昇は標準的な日本人に過ぎなかった。娘が苦しむとわかっているのに、どうして離婚に踏み切ることができるのか……。

「あなたは不誠実だと私を責めるけど、そもそも結婚生活において、誠実さを欠いていたのは夫であるあなたの方よ。どうして、一年の半分も家に帰らないの？　娘の誕生日に残業していたのは何故？　それは、娘の幸せを裏切ることにはならないの？」

「それは……」

「ねえ、醜い言葉をぶつけ合うのは止《よ》しましょう。私はあなたを憎んでいないし、ある意味ではまだ愛しているの。あなたの仕事への向き合い方も含めて。けれど、それでは家庭はうまくいかなかった。だから、ばらばらにしましょうという話。あなたもあなたの立ち位置で、これからも私たち家族を愛して」

「だけど、アヤと離れて暮らすのは……」

「だったら、あなたがアヤを引き取る？　日本で、あなたが自分の手で」

言われて、昇は答えに窮した。イエスと言った時の様々な事情が、一気に昇の脳内を駆け巡ったのだ。自分に、娘を引き取ることは……。

一度小さく首を振って、アリシアは悲しそうに笑った。

「いいのよ。これ以上、あなたを苦しめたくない。これが、私たちの最善の道なの。Je vous aime《愛してるわ》. Au revoir《さようなら》. Je vous souhaite beaucoup de bonheur《あなたの幸せを祈ってる》」

妻が寝室に引き返していくのを、昇は無言で見送った。

これ以上、夫婦で話し合えることは何もなかった。

＊

「私にできることは少ないけど……」

スーパーの棚を物色しながら、姉が神妙な声で言う。

マンションから徒歩五分の高級スーパー。値札にある数字は、普段の昇の生活からはちょっと考えられないような金額だった。

目当ての物らしい八丁味噌を手にとって、姉は続ける。

「人にはそれぞれの生き方がある。自分にしっくりと来る生き方が。私は正君とこうして暮らしているのが好き。不妊治療の件では、とことんどん底に突き落とされたけど、今ではこの結果に納得してる。アヤちゃんとも仲良くなれたし」

「アヤ自身も、こっちに来るのを楽しみにしてる」

「だからね、昇にも後悔のないように生きてほしいの。親が無理をした生き方をしてたら、それを見続ける子供はきっと不幸だわ。アヤちゃんのためにもならない。それは、子供を思うってこととは違うのよ」

姉の台詞が、いちいち元妻との会話と重なる。フランスに発つ寸前まで、アリシアは自分の信念を曲げなかった。結果として、昇は彼女の気持ちを変えることができなかったのだ。

「昇自身にも選択の権利はある。自分の幸せを選ぶのか。あくまで、周囲の事情を優先させるのか。私が不妊治療を止めて一つ気づいたのは、自分以上に他の誰かの期待を背負っていたんだなってこと。正君の思いもそうだし、親や友人たちの分も。もしかしたら周囲の期待に応えることが、私のモチベーションの一つになってたかもしれない。自分のことは、いつだって一番目に見えないから」

「離婚して、俺もそれは痛感した」

「もう一度考えを変えたって、誰も昇を責めたりしないわ。仕事への向き合い方。人生の目標。本当に離れがたいって思うなら、改めてチャレンジするのも一つの手よ。最大限、私も協力するわ。もっと頻繁に、アヤちゃんをうちで預かってもいい。アヤちゃん自身が望むなら、ずっと私たちと暮らしてもらっても構わないの。幸い、正君にも懐いてる。だからと言って、昇が父親であることは変わらないから」

姉が何を言おうとしているのか、昇ははっきりと理解できた。

この先仕事を優先させるなら、アヤと二人で暮らすことはできない。今でさえ、長期の休みや学校行事などで、姉の手を借りている状況なのだ。そのことを、姉夫婦は負担じゃないと請け合ってくれていた。それは、昇にとっては頭が下がるほどありがたいこと。

けれど、その先にあるのは。

「私たち夫婦に、子供ができなかったから言うんじゃないの。アヤちゃんは、その代役じゃない。だけど、本当に大好きな子よ。たとえ戸籍は違っても、大切な存在として受け容れようと思ってる。そのことで、決して昇を後悔させたりしない。私たちはアヤちゃんと昇、その両方の幸せを願っているの」

「俺の幸せは……」

「昇はどう考えてる？　この先の生き方」

真摯な視線が、昇の正面を突いた。一瞬、自分たちがスーパーの片隅にいることを忘れそうになる。それくらい、姉の気持ちは強かった。昇自身も、姉が今日まで考え抜いただろう煩悶と迷いを、はっきりと感じられた。

その上で、答えは一つだった。

姉の手が握ったままの、八丁味噌に目を向ける。

「アヤが日本に戻ってきた時、困ったのは味噌が苦手だっていうことだった」

「え？」

「五歳までは、普通に味噌汁も飲んでたんだ。それがパリでの五年の間に、すっかり好みが変わった。向こうでもアリシアは、その点は気をつけてくれたみたいだけど」

「そう……」

「五年だってこの有様《ありさま》だ。もしこの先、さらに五年、十年、俺がアヤと関わることに躊躇《ちゅうちょ》したなら、きっとその間の変化は想像できないくらいだと思う。アヤは俺を父親だと、もう認めなくなるかもしれない。あるいは仕事にかまけていたら、俺自身の気持ちだって。だから、俺に言えることは一つだ。今の生活は変えない。アヤは、俺が自分で育てる」

姉の顔に、向き直る。

「俺は一度、アヤを手放した。二度失うのだけは、絶対にごめんだ」

言いながら、姉の顔と元妻の記憶が重なった。

あなたがアヤを引き取る……？　そう言われた時、何も答えられなかったのが、当時の昇だったのだ。その過ちを、繰り返したりはしない。

昇が言い切った後で、姉は放心したような表情だった。

手にした味噌を、まじまじと見つめる。

「つまり、味噌が敗因ってこと？」

「まあ、そうなるな」

「惜しかったなー。もうちょっとで、アヤちゃんと一緒に暮らせたのに」

ぶー垂れた顔で、姉は味噌を買い物カゴに投げ入れる。

とばっちりの八丁味噌が気の毒だった。

「部屋に戻ろっか」

言った時、姉の顔はすでにいつものさばさばとした表情だった。


マンションの部屋に戻ってから、もう一問着が待っていた。

「ただいまー」

姉が所持するカードキーで三重のチェックを潜《くぐ》り抜《ぬ》けてから、部屋の台所まで戻る。

調理場の状況に、姉が素っ頓狂な声を上げた。

「伊勢海老がない！」

伊勢海老というか、下処理済みの身の部分が消えていたのだ。殻はそのまま放置。

昇が氷水に晒していた胴体の身が、ボウルの中から消えている。

「だって、遅かったから」

ひょっこり顔を覗かせたのは、姉の旦那の正克氏だった。どこか申し訳なさそうな表情で、妻の出方を窺《うかが》っている。

「正君。まさか、食べちゃったの」

「いや、だから、アヤちゃんがお腹を空かせて……」

しどろもどろになって、リビングを振り返る。想像通りというか、テレビの前のテーブルには空になった平皿と醬油。それから箸を片手に所在なげな、アヤの姿が見えるのだった。

アヤが腹を減らしているのをすっかり忘れていた。伊勢海老のご馳走目当てに、朝食も全く食べなかったのだ。車中での力ない声が思い出される。

「だからって、先に食べたら台無しじゃない！　まだバター焼きも、味噌汁だって作ってないのに！」

「いや、それは……」

「アヤちゃんのせいにして、正君だって食べたんでしょ!?　自分じゃ、生ものは捌けないくせに！」

普段の姉とはうって変わって、きーきーと捲《まく》し立《た》てる。

自分の方こそ、調理に関しては何の戦力にもなっていなかったが、相手の過失を詰《なじ》るところだけは遠慮なしだ。

「どうしたものかな……」

俯瞰《ふかん》して、昇は腕を組む。三尾の伊勢海老のうち、二尾まで胃袋に消えたとなると、残りで昼食を拵えるのは至難の業だ。姉が愚痴を溢したように、一尾から取れる伊勢海老の身は思いの外少ない。

その分量で、子供含めて四人分の食事を賄うとなると……。

「もう正君は、伊勢海老禁止ね。米びつの底でも、舐めてればいいから」

「えー。じゃあ、ピザでも取れば」

「伊勢海老の食卓に、デリバリーなんて最悪！」

「ちょっと落ち着けって。俺に考えがあるから」

夫婦喧嘩《げんか》を見かねて、見切り発車で昇は請け合った。

姉たちのやり合いに、流石にリビングのアヤも意気消沈した顔をする。とにかくは場を収めることが先決だった。

姉も含めて全員をリビングに向かわせてから、昇が一人、台所に立つ。

材料は、下処理前の伊勢海老一尾と後は大量の殻。殻の部分は予定通り味噌汁にして、貴重な身をどう仕上げるかが肝だった。昇も腹が減っている。

「いいさ。チャーハンにしてしまえ」

ここまで来ては腹を括った。

どうせ自分に板前のような料理などできやしないのだ。それで腹も膨れて、適度に美味い物を作るとしたら、身近な中華が最適だった。幸いなことに、姉の台所には大振りのフライパンもある。

すぐに下拵えに取りかかった。前の二尾と同じように、伊勢海老の頭と胴体を切り離す。丁寧に身を取って、まな板の上で粗くぶつ切りにした。食べた時、身がしっかりとしていた方がきっと満足度も高い。

切った身だけをまずはフライパンで炒める。米と一緒に炒めてしまうと、どうしても身に火が入りすぎてしまうのだ。この辺りは、普通の海老チャーハンを作る場合と同じだ。

フライパンに薄く油を引いて、中火で炒める。軽く塩胡椒。表面に焼き色が付いたら、適当なところでフライパンから下ろした。伊勢海老の適度な焼き加減は、昇には全く手探りだったが。

伊勢海老の処理が終わったところで、本格的にチャーハンの準備。

予め、冷蔵庫に卵と長葱《ながねぎ》があるのを確認しておいた。立派な卵と大ぶりの長葱。チャーハン作りには、これだけあれば十分である。他にごてごてと食材を入れるのは、昇の主義に反することだった。極論、卵と米だけあればいい。余計なアレンジを加えるなら、チャーハンでなくて焼き飯だ。

「俺の主義主張はともかく……」

脱線し始めた思考を調理の方に引き戻す。予め、卵を溶いておく。手元に調味料とほかほかのご飯。チャーハンには「冷や飯か？　炊き立てか？」と論争があるが、昇は断然、炊き立てのご飯派だ。中華料理は火入れが命。なるべく短時間で食材に火を入れることで外側はしゃきっと、中身にしっとりと水分を残すのがチャーハン作りの神髄だった。初めから冷えてる飯なんて、以《もっ》ての外《ほか》だ。

鉄フライパンを、かんかんになるまで熱する。煙が出るくらいが目安だ。油を入れて、さらに熱する。油の量は、ちょっと人がびっくりするほど。一度でも中華の調理場に入ればわかるが、外食の美味さというのは、基本的に塩と油の量だ。

油の海に、溶いた卵を投入。一瞬で、香ばしい匂いが立ち上る。すかさずご飯を入れる。ご飯の温度が低かったら、電子レンジで温めるくらいでもいい。お玉の底でご飯を潰して、全体に焼き目を付けるイメージ。適度にご飯を掻き混ぜて、何度か同じ作業を繰り返す。まずは、調理の工程である「炒《チャオ》」を済ませてしまうのだ。

十分に火が入ったところで、塩と旨味調味料で味付けをする。塩は強めだが、他の調味料は控えめでいい。せっかくなので、伊勢海老の風味を大事にしたい。良く掻き混ぜて、続いてみじん切りにした長葱、主役である伊勢海老も投入。もう火入れは済んでいるので、軽く混ぜ合わせるだけで良かった。

仕上げに、香り付けの醤油。

棚にある醤油はなんだかずいぶんと高そうだったが、姉に遠慮してやる筋合いはない。チャーハンの邪魔にならない程度に、鍋肌に垂らしてご飯と合わせる。

ちゃっちゃっとお玉を返して、伊勢海老のチャーハンの完成だった。

豪快に、大皿に盛りつける。

リビングに運ぶと、「うわあ」と期待通りの歓声が上がった。

大皿にこんもりと盛られたチャーハン。ごろごろと伊勢海老の身が散っていて、飾り付けに頭部の殻。ふわっと海鮮の風味も香って、テーブルに置けば、お造りや姿焼きにも劣らない、伊勢海老のご馳走の登場だった。

同時に調理した、味噌汁も一緒に並べる。伊勢海老の殻から丁寧に出汁を取って、最後に八丁味噌で仕上げた。ぱらぱらっと長葱を振る。和と中華の組み合わせだが、日本人ならそれほど違和感もないだろう。

「チャーハン？　伊勢海老で？」

目をきらきらさせながら、姉が前のめりで聞いてくる。

「腹がいっぱいになるだろう？　なにせ四人分だ」

「正君の分は、考えなくていいのに」

「意地悪を言うなよ……ただのチャーハンで良ければ、お代わりも作れる」

「伊勢海老が食べたい！」

言い出したのは、やはりご馳走を食い入るように見つめていたアヤだった。刺身だけでは飽き足らなかったらしい。姉の尚子に促されて、大皿からチャーハンを取り分ける。早速チャーハンを口に運んで、あまりの勢いに少し咽《む》せた。うぐっと喉を鳴らした後、その顔にいっぱいの笑みが広がる。

「伊勢海老の味がする」

しっかりと、その風味を噛みしめるようだった。前段で刺身を食べているので、伊勢海老の本来の味も学習済みだ。味付けを最小限にしたから、舌に感じる海鮮の風味も生きている。

「美味しい！」

続けて姉も食べて、手放しで賞賛した。姉は食べ物にはうるさい質だが、昔から昇が作る料理に文句を言った例はない。

「伊勢海老の身がふわっふわ。蒸し料理を食べてるみたい」

「それに、チャーハン自体も美味しいね。お米がぱらぱらなのに、噛むと少ししっとりとしてる。完全にお店のクオリティだ」

姉と並んで、正克氏も笑顔で言ってくれる。

店のクオリティ、というのは流石に褒め過ぎだが、一旦へそを曲げた姉の手前、大袈裟な物言いで調子を合わせたのかもしれない。それでも、チャーハンを頬張るその笑顔は本物だ。

「味噌汁も食べてみてください。出汁は伊勢海老の殻だけなので、味噌を多めに使ってます」

義兄に促して、お椀《わん》の汁物も食べてもらう。

ずずっと一口、正克氏は「ほおっ」と溜息を漏らした。

「出汁の味が利いてるね。塩味《えんみ》も上品で」

「味の上品さは、買ってきた味噌のおかげですが……」

姉と一緒にスーパーまで行って、味噌の値段には昇もぎょっとするほどだった。おそらく、昇の家の普段使いの三倍はする。

「殻って、どうすればいいの？」

味噌汁のお椀を手にしながら、戸惑ったようなアヤの表情。伊勢海老の頭がお椀の半分以上を占めていて、その処理に困ったらしい。

「アヤちゃん。殻の中身をしゃぶってごらん。美味しいから」

「お行儀悪くないの？」

「私が許可します！　美味しい物には手段を問わない！」

姉に唆されて、アヤが頭部の殻をくわえる。アヤのお椀には特別、海老味噌の多い殻を使ったので、きっとその味を感じ取れるはずだ。

期待通り、アヤの顔には満面の笑みが広がった。「美味しい」と素直に言って、それからお椀の汁をすする。

アヤが日本に戻ってきた時、困ったのは味噌が苦手だっていうことだった――。

数十分前に、自分で言ったことを思い出す。

それから半年以上が過ぎて、改めてアヤは日本の味に馴染んでくれた。昇が毎日、手料理を振る舞ったこともそうだが、何よりアヤの前向きな努力の成果だった。

日本に引き取って、本当に良かった。
姉夫婦と笑顔で食事する姿に、昇は心から思う。
自分でもチャーハンを取り分けて、昇も食事の輪に加わった。

第六話　始まりのチキン南蛮

姉との一件を通して、昇の中で変わったことがある。

「明日は、娘の授業参観だ」

ユービーフーズ、自社ビルの三階フロア。

商品企画課の面々を前にして、昇は報告という形でそう告げた。以前ならば「有休を取る」の一言で済ませていた。娘の急な都合や外せない予定など、姉の手も借りられないという時、昇は迷わず有給休暇を消化した。

その点について、部下に多くを説明したことはない。そもそも報告する義務はないし、業務に支障が出ない範囲でプライベートを優先させてきたのが、これまでの昇のやり方だ。それを部下たちも、平常運転と見なしている。

それでは駄目だ、というのが、先日姉に突きつけられた事情だった。

アヤちゃんのことをちゃんと話してるの――？

否、と応えて、昇は一つ決心を変えてみることにした。

ある程度、自分の家庭事情を部下たちにも話すこと。

「一日休む。連絡が必要な場合は、いつも通り俺の携帯に」

事務的に言って、部下の顔を見渡した。十名からなる部署の面々。驚いた顔でもあるかと期待したが、意外と反応は淡泊だった。予め聞いておきたいことが……と早速仕事の話を尋ねてくる者までいる。

　こんなものか、と打ち明けてみれば昇も拍子抜けだった。職場に家庭の事情を持ち込まないこと。仕事の流儀であるし、それによって業務は滞りなく進むのだと、昇は長年信じ続けていた。昇が結婚しようが離婚しようが、基本的に職場の利害には関係ないと。

　ところがその意地を貫き通して、結果、社内の人間との仲を拗らせたのが、最近の出来事だった。商品営業課の佐島。彼にもそれとなくアヤのことを話すと、向こうの反応は「ああ」と気のない返事だった。ただその後で「もっと早く言え」と、大きな背中が毒づくのを聞いた。気まずそうに、首のあたりを掻きながら。

　幸いにして今のところ、企画課と営業課の間で新たな火種は生まれていない。

「お嬢さん、小学生でいらしたんですね」

　午後のプレゼン資料を提出しながら、にっこりと昇に話しかけてきたのは唯一の女性メンバーである立華可憐《かれん》だった。生ハムの一件で一悶着あった彼女だが、その荒波を乗り越えて、間違いなくバイヤーとして一皮剝けた。「海外の事情を探るなら、まず立華に当たれ」とは商品企画課内の標語の一つだ。

「姪《めい》っ子が小学校に上がったばかりなんです。ランドセルが眩《まぶ》しいですよね」

「ああ。自分が子供の頃とだいぶ変わった」

「女の子って好みが難しいですからね。私は、赤いランドセルにどうしても馴染めなくて」

軽く自分の話題に触れてから、立華は昇のデスクを離れる。

考えてみれば、こんな当たり障りない世間話も職場では一切してこなかった。「鉄の企画課長」の異名は、こうした点にも原因の一端があったのだろう。

「授業参観と言えば、俺のお袋が張り切ってたなあ」

昇の席からはやや離れて、部署の中で声が上がる。

派手な服装の沢代一馬。今日のネクタイは紫色で、ズボンの裾から覗く靴下は赤と青の縞《しま》模様だ。茶髪は、最近染め直したらしい。

「気取って、前日に美容院なんか予約して。同窓会じゃないんだから。お袋は、一人で盛り上がっちゃってさ」

「そうそう、痛々しい若作り。うちのところなんか、父親がスーツを新調してましたよ」

沢代の無駄口に、被せてきたのが丸眼鏡の舛田純一。以前と変わらず乳製品の担当だが、いまいち成果が上がってこないところも、また同様である。

「一着で数万もするスーツ。『息子に恥を掻かせるわけにはいかない』って息巻いてましたけど、かえって、それが恥ずかしくって」

「ああ、わかるわかる」

「親って、基本的に見栄《みえ》っ張《ぱ》りだしね」

二人の会話に入って、今度は酒類担当の坂丸珠樹が口を挟む。

「後から、親のことでからかわれたりするんだよね。『やーい。おまえの母ちゃん、厚化粧ー』とか」

「そうそう」

「教室で、人のこと名指しで応援したり」

「もうちょっと、空気を読んでほしいよな……」

いつも通りの定時上がり。

心なしか普段の道を急いで、昇は自宅のマンションに帰宅する。真っ直ぐ向かったのは、リビング横の自室。アヤが帰宅していないのをめざとく確認してから、部屋の扉をきっちりと閉めた。

クローゼットの扉を開ける。

まだタグが付いた状態のスーツ一式は、先日下ろしたばかりだった。

「スーツを新調するのは、痛々しいのか……」

職場で聞いた部下の話に、昇は改めて息を呑む。

一着数万、と部下は話していたが、今回昇が用意したのは、十万を超えるオーダーメイドだ。しかも、本格的な三揃え《スリーピース》。授業参観の一ヶ月も前から、馴染みの紳士服店で注文した。「また出世されましたか？」という見知った店員の問いかけに「それ以上に大事なイベントだ」と、昇はしかつめらしく応じたのだが。

ネットで予約しておいた美容室にも、キャンセルの連絡を入れる。

明朝十時、無理言って時間を取ってもらったのだが、当日に髪を整えるのも、やはりり見栄っ張りな若作りとなるらしい。

授業参観の話を、部下たちに打ち明けて正解だった。

何も知らずのこのこと顔を出したとしたら、当の娘からどんな文句を言われていたか知れない。気取った父親の姿に、「回れ右！」とその場で帰宅を強制されていた危険すらあった。

恐々とスーツをクローゼットの奥にしまい直してから、昇は改めて明日の予定を考えた。娘の授業参観は、午後の二時からだ。たっぷり四十五分、娘の授業に参加してそのまま親子ともども帰宅となる。昇の時はどうだったか忘れたが、母親に出席されて、確かにいくらか気恥ずかしい思いをした覚えがあった。まだ母親の年齢が若かった分「お母さん、綺麗だね」と言ってもらえたのは内心嬉しかったが。

昇が授業参観に出席することを、アヤはどう思っているのか。

これまで学校の行事には極力参加するようにしてきたが、授業参観に顔を出すのはアヤが生まれて初めてのことだ。柔道の試合と同じで、そもそも昇が出席するのを嫌がるかとも思ったが、昇が「当日は仕事を休む」と打ち明けた時、意外にもアヤから反対の声は上がらなかった。

「大変だね」

と他人事のように告げて、目下の宿題に取り組んでいた。

それを関係の修繕と見るか、ただの無関心と切り捨てるか……。

まだまだ、難しい年頃である。昇にとって今回の授業参観は、一種のリトマス試験紙だった。

＊

当日の朝。

いつも通りの時間に起きて、昇は朝食の準備を始めた。服装は朝から、ワイシャツとスーツのズボンを身につけた。新調した三揃《スリーピース》えは、クローゼットの奥にしまい込んだままだ。髪を切るかどうかは昨夜のぎりぎりまで悩んだが、部下たちの言説を信じて、昇は今まで通りを貫くことに決めた。アヤの晴れ舞台に、万が一にも機嫌を損ねるわけにはいかない。

厚めのトーストと、たっぷりのバター。

ベーコンエッグを作って、後はミニトマトとベビーリーフを添える。デザートはお決まりのヨーグルトと蜂蜜。牛乳を、ミルクパンで温めておいた。

普段はここまで朝食にこだわらないが、午前中の予定がそっくり空いてしまったので、いくらでも手間をかける余裕があった。

「朝食が、多い」

アヤがリビングまで出てきての第一声。豪華で嬉しい、というより、「何でこんなに手が込んでるの？」と面食らったのが本音だろう。食卓に着いてからも、どこかもそもそとして朝食に手を付ける。

「忘れ物はないか？」

アヤがデザートのヨーグルトに取りかかったところで、昇は確認のため聞いた。

「授業参観で教科書がないなんて、末代までの恥だからな」

「マツダイ？」

「ずっと先まで恥ずかしいってこと」

「平気よ。いざとなったら、タブレットで見れるし」

隔世の感が否めないのは、アヤのこういう話題だった。

昇が小学生だった頃とは、そもそも学習の前提が違っているのだ。

「フランスでは授業参観はなかったのか？　アリシア……ママが、授業を見に来たことは」

「なかったと思う。というか、入学の時に校舎を回ったのが授業参観みたいなものだったかな？　一緒に学校をぐるりと歩いて、それでお終《しま》い。親が学校の中まで入るのはほんと一回か二回くらいだよ。入学式だってなかったし」

「さばさばしてるんだな」

「合理的っていうの。日本の学校って、なんでこんなにごちゃごちゃしてるの？」

アヤの話す通り、フランスでは極端に学校の行事が少ないと聞く。

入学式がないのはまだわかるが、運動会も文化祭も、晴れの卒業式さえ、フランスの学校では行われない場合が多いらしい。卒業の日は家族と一緒に、あるいは複数の家族と共同で、レストランでお祝いするのがフランス流。どれもこれも、共働きが多いお国柄の影響だろう。

「あ、ママが遠足に付いてきたことならあったよ。美術館の引率で」

「親が、子供の遠足に？」

「グループごとに回るから、学校の先生だけじゃ足りないの。そのおかげで、じっくり美術館を回れるし、ママたちから説明も聞ける。ね、合理的でしょ？」

得意になって、アヤは口に付いたヨーグルトをぺろりと舐める。

語学だけでなく、歴史や美術についても造詣が深かったアリシアなら、子供たちに熱心な解説をしたことだろう。

「せっかく仕事を休むんだもん。それなりのモトを取らなくちゃ」

「努力するよ」

「今日の授業参観は、私の得意な英語だしね」

食べ終えて、「ごちそうさま」と手を合わせる。

少なくとも現状で、アヤが昇の出席を嫌がる素振りは微塵《みじん》もなかった。

「そうだ。授業参観が終わった後で……」

「いけない。のんびりし過ぎた」

昇が言い終わるよりも先に、アヤは慌てて立ち上がる。

時計は八時を回っていた。「朝食が多すぎるから」と昇に責任を押しつけて、アヤは早々に通学用のバッグを手にした。

「いってきます」

玄関へと駆けだした時、その口元が小さく笑った。


午後の一時半を過ぎて、昇はアヤの通う学校へと向かった。昇のマンションからは徒歩十分の距離であり、基本的にアヤは一人で毎日登下校をしている。一度、「送り迎えが必要か？」とアヤに聞いたことがあるが、本人からは「誰も親に送ってもらってなんかいない」と、すげない答えが返ってきた。

これもフランスとの比較になるが、小学生のうちは、親が学校まで送り迎えするのがフランス人の常識だ。それを条件に、学校も生徒の通学を許可していると言える。治安の差が大きかったが、給食の一件と同じで「以前のやり方と違ったら、アヤが不安になるのでは？」と昇も考えたのだ。

幸いなことにその点では杞憂《きゆう》に終わり、登校時は近所のクラスメイトと一緒になって、帰りは学童の友達と途中まで一緒なのだと本人が話していた。娘は娘なりに、生活のリズムを持っているのだ。

念のため、スマートフォンの案内で確認しながら、小学校までの道のりを歩く。同じようなタイミングで他の父兄と行き会うかとも思ったが、小学校の門に着くまで一人の保護者とも出会わなかった。どうやら学年単位かクラス単位で、授業参観の日程を調整してあるらしい。

一階の管理棟の入口まで出向いて、入校の許可証をもらう。学校のセキュリティが強化されたのは、もうここ数年の話ではなかった。おいそれと、部外者が小学校に近づくことは許されない。小学生の当時、「夜中に校舎に忍び込んだ」などという武勇伝はもう遠い時代の文化だ。

アヤの教室、五年二組の前まで来た時、数名の見知った保護者の顔に出くわした。

「あら。アヤちゃんのお父さん」

「お仕事、大変でいらっしゃるのにね」

にこにこと話しかけてくるのは、アヤのクラスメイトのママさんたちだ。職場では最近までプライベートを秘匿していた昇だが、学校の中では比較的、保護者との横の繋がりを大切にしていた。友達の誕生日などで、アヤがその子の家に呼ばれることも頻繁にあるのだ。

そういった縁で、相手も昇の家庭事情をよく知っていた。一人親で、かつフランスからの帰国子女。戸惑う場面も多いだろうからと、昇たちに積極的に助けの手を差し伸べてくれるのが、クラスメイトのママさんたちなのだ。

「今日は一段とスマートでいらっしゃるのね」

「そりゃ、子供たちの晴れ舞台ですもの」

「むしろ、親の独壇場だったりして」

「いやだわ！　香水を強めにしたの、ばれちゃうじゃない！」

ひとしきり盛り上がって、親たちは互いに顔を見合わせる。

授業参観に気合いを入れるのは、やはり親の性《さが》だったらしいが、控えめにしたつもりでも、昇の見栄っ張りは他人には透けて見えたようだ。改めて、新品のスーツをしまい込んだのは正解だった。

担任の福井先生の案内があって、ぞろぞろと親たちが教室の中へ入った。昇にとってはもう三十年近く縁のなかった風景だ。ずらりと並んだ机と椅子。それに、ちょこんと腰掛ける子供たち。後ろの壁には習字の作品や、誰かしらの似顔絵が所狭しと飾られている。掲示物にアヤの名前を探したが、見た限りで娘の作品は見つからなかった。習字は、アヤが苦手とする科目の第一位だ。

本人の姿は、あえて探す必要もなかった。

窓際の席の中程。こちらを振り返りもしないが、その見慣れた金髪は嫌でも親の目を引いた。すっくと伸ばされた背中。体格の良さはやはり男女が交ざっても、頭半分抜けている。

その姿に、昇は一つ思い出される記憶があった。

アヤがまだ、日本に戻って間もない頃。

確か、小学校に通う初日のことだった。

昇も不安で仕方なかった。パリから東京に来てからというもの、アヤは一向に昇の自宅にも、新たな親子関係にも馴染む様子がなかった。食事もよく残した。昇も何を食べさせたらいいかわからず、和洋織り交ぜて、はちゃめちゃな料理を振る舞っていた。アヤの顔色は、ますます暗くなるばかりだった。

そんな中で迎えた、アヤの登校初日。

玄関で靴を履こうとして、アヤは背中を見せたきり、その場で動きを止めた。フランスから持ち帰った靴は少なく、その中でアヤが選んだのは古びたところのある茶色の革靴だった。スニーカーもあるのにどうして革靴を？　と昇は疑問に思ったが、フランスではそれを履いて登校したのだろう、と安直に考えた。

「靴紐を結んで」

玄関に腰掛けながら、アヤは顔も上げずにそう言った。

足を靴の中に入れたまま、靴紐が最後のところで散らかっている。

「靴紐を直したらいいのか？」

「うん……」

短く答える娘に、昇は不思議に思いながらも、とにかく革靴の紐を結わいた。

立ち上がったアヤは礼も言わず、そのまま玄関の外に出た。

何気ない、朝の一幕。

気にしなければ、どうということはない一件だったが、その後で昇はアヤの言動の理由《わけ》を知ることとなる。

どうやらフランスでは、革靴の紐を結ぶのが父親の役目らしいのだ。

日本とは違って、家の中でも靴を履く文化のあるフランス。靴紐を結ぶことは文字通り「足場」を固める作業であり、子供はずっと小さな頃から革靴を履いて学舎へと通うのだ。その際、子供の靴紐を整えるのは伝統的に父親の仕事だった。フランスの家庭の、役割分担の一つだ。

つまりアヤは、父親の存在を求めていた──。

昇を拒絶しているように見えて、内心では、アヤの心には孤独があった。母親を失った寂しさ。異国での慣れない暮らし。そうした諸々《もろもろ》の変化の中で、アヤは父親の存在に縋《すが》ろうとした。それが革靴の一件であり、たとえパフォーマンスの上だけでも、アヤは「父親」を実感しようと必死だったのだ。本人が意識していたにしろ、無意識だったにしろ。

そんな娘の煩悶を、昇は正しく汲み取ることができなかった。

娘の幸せを願いながら、昇はごく最近まで、見当違いな気遣いを続けてばかりだった。その結果、アヤを徒《いたずら》に苛立たせた。

それが、どうだろう。

そんな娘も、今ではこうして立派に教室に馴染んで見える。

容姿が違うことも気にならなかった。クラスメイトとの仲も良好そうだ。アヤは持ち前のしなやかさで、今の生活をしっかりと受け容れているのだった。

親はなくとも子は育つ、と無責任な言葉が浮かぶ。

アヤに話したら、きっと「当然じゃない」と得意になるに違いない。

母親譲りの勝ち気さが、娘の何よりの長所なのだ。

＊

アヤの授業参観は、つつがなく終了した。四十五分という時間は、昇にとってもあっという間の出来事だった。

帰りの会を見届けて、保護者と生徒が連れ立って下校する。途中、懇意にしている保護者の面々と挨拶合戦を繰り返しながら、学校の敷地《しきち》を出たのが午後の三時。いつの間に降ったのか、道が雨で濡れていた。

「大活躍だったじゃないか、アヤ」

アヤと並んで歩きながら、昇は誇らしい気持ちで言う。授業参観という晴れの舞台に、アヤはクラスの中で誰よりも輝いて見えた。本人も、まんざらではなさそうだ。

「だって、英語の授業だもの」

口では、そんなふうに気取ってみせる。

小学校で英語の授業があること自体、昇の世代には驚きだったが、簡単な英単語のお復習《さら》いにアヤは持ち前の語学力を披露してみせたのだ。フランス語、日本語のみならず、英語やイタリア語まで囓っているという。元妻の影響の成せるわざで、どうやら母親の手ほどきで、十歳までに英語の学習は一通り終えているらしかった。日本の小学校の英会話など、アヤにとってはお茶の子さいさいだ。

「発音を褒められたって全然嬉しくないわ。クラスのみんなには笑われるし」

「流暢すぎて、びっくりしてるんだよ。先生だって拍手してた」

「福井先生も、イギリスからの帰国子女なんだよ？　中学生の時に、日本に戻ってきたって」

「だから、アヤにも理解があるのか」

給食の一件も含めて、アヤの担任教師には世話になりっ放しだった。「学校での過ごし方が気になるでしょうから」と、折に触れてアヤの様子を電話で報告してくれるくらいだった。アヤが誰と仲が良いという話も、その時に聞いた。

「百点満点だな。今日は特別なご馳走にしよう」

「えー、いいよ。いつも通りで」

照れ隠し半分、もう半分は本気で迷惑そうに、アヤは口を尖らせる。

「ご馳走が食べれるんだからいいじゃないか。レストランを予約してもいい」

「そんなの浮ついてる。授業参観くらいで」

「親にとっては大切なことだ」

「いいの。友達に知られたら、また笑われる」

どうやら本気でその心配をしてるらしく、ちらちらと周囲を窺っている。昇にとっては残念だったが、アヤを相手に無理強いは禁物だ。

「本当にレストランじゃなくていいんだな？　家で食べるご飯で」

「うん」

「なら、買い物をしてから帰ろう。まさか保護者同伴で、寄り道禁止とは言われないだろうし……」

気を取り直して、馴染みのスーパーに足を向けた。

きぬたストアは、昇のマンションからも徒歩五分、地元密着のスーパーだ。特別安いということはないが、店頭に並ぶ商品に、実は昇も一目置いている。輸入品のチーズやソーセージなど、ユービーフーズでも取り扱っている商品が平然と置かれていたりするのだ。この店のバイヤーは侮れない……と、昇も密かにライバル意識を燃やしている。

今回は普通のご飯というリクエストだったので、いつもの食材をカゴに入れる。鶏肉に卵、玉葱。ヨーグルトも少なくなっているので補充しておく。ヨーグルトはメーカーを変えると中身の乳酸菌が違ってくるので、いつも同じ物を買うのが昇の流儀だ。健康を意識する、四十一歳という年齢である。

「ねえ。新商品が出てるよ」

言ったそばから、違うヨーグルトを持ってくるアヤだった。同じメーカーの「甘み」が追加された商品だが、正直、昇はプレーン以外のヨーグルトをあまり美味しいとは思わない。

それでも、アヤが買い物カゴに入れるのを黙って認める。

「今日は何を作るの？」

「チキン南蛮はどうだ？　時間があるから、タルタルソースも作れる」

「チキン南蛮好き！　絶対、それにして！」

思った通り、アヤは熱烈な支持を表明してくれる。

アヤの好物は色々あるが、ハンバーグやグラタンなど子供らしい料理の他に、ちょっとした変化球の第一位がチキン南蛮だった。タルタルソースを添えると、アヤは無限に食べてくれる。

「それに、豆腐の味噌汁ときんぴらごぼうだな。ワカメの酢の物を付けてもいい」

「チキン南蛮以外は、ときめかないラインナップ」

「レストランを蹴ったのはアヤだぞ？　普通の食事なら、一汁三菜だ」

流石に「一汁三菜」は伝わらなかったようで、アヤはそっぽを向いてぶー垂れる。

お菓子の棚にアヤの目が行きそうだったから、昇は素早く会計を済ませた。

スーパーを出て自宅への道を行く。

しとしと、雨の降り出しそうな気配があった。

マンションに戻ると、アヤは「宿題をするから」と自室に籠もった。

宿題をやるのは本当だが、その倍以上の時間、友達との電話に費やすことを昇は承知していた。昇が買い与えたスマートフォンは、定額で「喋り放題」のプランに入っている。メールを送り合うよりは健全だ、というのが昇の親としての方針だった。

娘の居ぬ間に、夕飯の支度に取りかかる。

時刻は、午後の四時を少し過ぎたところ。いつもは六時ぎりぎりに帰宅して、アヤが帰ってくるまでの約三十分間で慌ただしく調理を仕上げる。

のんびりと、心に余裕を持って料理ができるのは幸せなことだった。バイヤーの仕事と比べて、昇は料理自体にそれほど熱心というわけではないが、やはり時間に追われるよりは、ゆったりと作業できる方がいい。有給休暇の特権だ。

鼻歌もそこそこに、調理に入る。

本日のメインのチキン南蛮。アヤの好物だが、実はその他に、もう一つ思い入れのあるエピソードがあった。日本に戻ってきて間もない頃、あまり食の進まなかったアヤだが、そんな娘が最初に喜んでくれた料理がチキン南蛮だったのだ。

ハンバーグもスパゲッティも、なかなかアヤの食欲には刺さらなかった。環境の変化という以上に、日本の食材に不慣れだったアヤは、最初から食べることに抵抗があったらしいのだ。親子の会話もままならなかったので、昇もなかなかアヤの気持ちに気づくことができなかった。

そんな中、昇が考えたのは……。

「フランスの食文化は、ソースの文化だ」

食材半分、その上にかけるソースが本命だという人もいる。

とにかく、シンプルな食材に凝ったソースを添えるのがフランス人のやり方で、元妻のアリシアもごてごてとしたソース作りに余念がなかった。フライパンで肉を焼いた後など、ワインで煮溶《デグラッセ》かして、肉の旨味が詰まったステーキソースをよく作っていた。

昇の考える絶品ソース。

ぱっと思い浮かんだのが、手作りのタルタルソースだった。

「母親からの直伝だ」

朝霞家に伝わる秘伝の味。それを昇なりに改良してアヤに振る舞ったところ、これが大受けだった。「美味しい」と初めて子供らしい笑顔を見せてくれた。父娘《おやこ》の和解は、まさにタルタルソースから始まったのだ。

材料を台所に並べる。卵、玉葱、キュウリ、マヨネーズ。その他、各種調味料。本場のタルタルソースにはピクルスを使うのが一般的だが、昇の母親は生のキュウリで代用していた。近所に、ピクルスを売っている店がなかったらしい。

もう一つ、母親のタルタルソースには変わり種を入れるのだが、それは最後の仕上げに使う。

たっぷりのお湯で、ゆで玉子を作る。茹で時間は、少し固めの十一分。

卵を火にかけている間に、その他の食材を調理する。キュウリをみじん切り。ゆで玉子二個に対して、キュウリは半分ほどでいい。玉葱も四分の一個をみじん切りにする。ゆで玉子を切る時もそうだが、できるだけ細かくカットした方がマヨネーズと和えた時、馴染みやすい。

キュウリと玉葱をボウルに移して、卵の茹《ゆ》で上《あ》がりを待つ。ぴったり十一分。手早く玉子を流水に晒してから、殻を剝いてこちらも細かく刻む。ゆで玉子は、最初に白身と黄身を分離させて、別々に刻むとスムーズだ。

「黄身が潰れると、台無しだからな」

自身の失敗を思い出して、苦笑しながら作業を続ける。

下準備の後は、いよいよ味付け。

まずはしっかりと塩胡椒。胡椒は粗めのブラックペッパーを使う。続いて、大さじ三のマヨネーズに、味を引き締めるレモン汁を少量。軽く混ぜた後で、冷蔵庫から仕上げの一品を取り出した。

プレーンタイプのヨーグルトだ。それを大さじ二、ボウルに加える。

マヨネーズの代用としてカロリーオフを目的に使われる手法だが、ヨーグルトの独特の酸味も決め手だった。ソース単体で食べると少し物足りなく感じるが、甘じょっぱいチキン南蛮の横に添えると、これが大化けするソースになるのだ。

何度か味を確かめて、塩胡椒で全体を整える。

冷蔵庫で寝かせれば、母親直伝、絶品タルタルソースの完成だ。

そのままの勢いで、メインの鶏肉もやっつける。部位は胸肉。もも肉で作るレシピも多いが、タルタルソースと一緒に食べるなら、昇は断然、胸肉だ。ソースの濃厚さと胸肉のさっぴりした味わいが極上にマッチする。

一枚肉をそぎ切りにして、ボウルの底に並べる。軽く酒と塩胡椒。丁寧に揉んでから、小麦粉を振るう。白化粧をまとった胸肉に、さらに溶き卵の装い。

フライパンに一センチ程度の油を引いて、トンカツを作った時と同様、揚げ焼きでいく。一般家庭でじゃぶじゃぶ油を使うのは、ちょっと昇にはない発想だった。

油の温度は、約百七十度。衣を付けた胸肉を泳がせて、両面を二分ずつ揚げる。ふわっと卵の香ばしい匂いが立ち上る。それをいっぱいに吸い込んでから、火の通った胸肉を一度、ステンレスのバットに移した。

仕上げの甘酢作り。

フライパンの油をキッチンペーパーで掃除して、そこに醬油、お酢、砂糖、みりんを加える。軽く煮立たせたら、取り出した鶏肉を再度、投入。火が入りすぎないようざっと絡めて、甘酢でてらてらとした鶏胸肉を持ち上げた。

残った甘酢だれを、余さず胸肉の上にかける。

卵の衣に絡んだ甘酢は、見るからに食欲を刺激した。


豆腐の味噌汁をよそっているところに、アヤが顔を出した。

「ご飯もよそうね」

炊き上がったばかりのご飯に、しゃもじを入れる。

日本に戻ってきた当初、しゃもじの存在すら忘れていたらしいアヤだが、今では見事にご飯をよそう。一つ揃って、お愛想の二揃い目も忘れない。

昇の分と自分の分と、二つの茶碗《ちゃわん》を食卓に並べた。

そこに味噌汁、ワカメの酢の物ときんぴらごぼうを昇が加える。メインの登場は最後だった。それぞれの皿に、てらてらと甘酢のかかったチキン南蛮。さらにその上から、特製のタルタルソース。「タルタルソースは後がけがいい」と一度アヤに言われたが、昇は頑として最初から載せるのを譲らなかった。見た目のインパクトを、この場合は大事にしたいのだ。

チキン南蛮がテーブルに収まると、その光景は圧巻だった。我ながら、食欲をそそる食卓だ。きっと、レストランの食事にも引けを取らないだろう。

「早く食べよう」

調理の余韻に浸っているところに、娘から催促される。

思い入れが台無しだったが、料理は胃袋に入らないことには意味がないのだ。

いただきます、と父娘で手を合わせた。

早速、メインのチキン南蛮から。最初は、タルタルソースのかかっていない部分をいただく。ふわっと食感が格別だった。火の入れ方が抜群。鶏胸肉は、火が入りすぎるとぱさぱさになってしまうが、最初に丁寧に塩と酒で揉んで、油に泳がせた時間も最小限。まるで上品な和菓子を食べたような食感に、昇は内心でガッツポーズを取る。

甘酢だれの味も良い塩梅だ。

「ヨーグルト入りのタルタルソースって、さっぱりしてるよね」

こちらは最初からソースを絡めて、チキン南蛮を食べたアヤの感想。欲張りすぎたのか、口の横に少し白いソースが付いている。

「カロリーオフだからな」

「私は別に太ってないけど」

「俺自身が健康に気を遣う歳なんだ。父親が、ぶくぶく太っていたら嫌だろう？」

「見た目にこだわるのって、ナルシストっぽい……」

やや冷めた目で見られてしまった。

果たしてアヤは、どこからこういう言い回しを仕入れてくるのか。

八つ当たり気味で、タルタルソースとチキン南蛮を一緒に食べる。一発で、嫌な感情は吹き飛んだ。純粋に美味い。甘酢の濃厚さ、タルタルソースの酸味と味わい。みじん切りにしたキュウリの、こりこりとした食感も良いアクセントだった。胸肉からじわっと肉汁が溢れ出てくる。娘のために作った料理だが、昇自身が満足することも大事だった。食卓は、家族で作るものだ。

「ねえ、今日のお肉……」

最初の一口を味わった後で、アヤが気づいたように呟く。

「いつもよりちょっと良い肉だよね。レジに通した時、普段の値札より高かった」

「ブランド肉だからな。きぬたストアは、良い仕入れ先を使ってる」

「それに品数も多いし、デザートにケーキも買ってあるでしょ？」

目ざとい娘はチキン南蛮の材料の他に、買い物カゴの別の中身を見逃さなかったらしい。スーパーのケーキは当然ながら専門店には劣るが、最近のスイーツはスーパーの品揃《ぞろ》えでも馬鹿にならない。

「普通でいいって言ったよね？　授業参観の後だからって頑張らなくていいって」

「そんな話だったな」

「これってご馳走でしょ？　私は浮かれたくないって言ったのに……」

食卓を見渡しながら、アヤは表情を曇らせる。

軽口というよりは、本気で怒っているようにも見えた。自分の主張が軽んじられたことが、勝ち気な娘にはやはり不満だったのだろう。

それでも、昇には頑張りたい理由があるのだ。

「ねえ。私の気持ちは……」

さらに口を尖らせるアヤに、昇は正面からは取り合わなかった。代わりに、一度席を立つ。「え？」と驚いた娘には応えず、一旦リビングを出て、少ししてからまた食卓に戻った。

改めて席に着いた昇の手には、赤い色の包みが握られている。

「アヤに渡したい物があるんだ」

「私に？」

「今日じゃなくちゃ駄目だったから。俺はアヤのことをもっと褒めてやりたい」

「だから、授業参観くらいで……」

「違うよ。今日はもっと、特別な日だ」

言いながら、昇は近くの壁を目線で示した。釣られて、アヤも目を向ける。

リビングの壁には、見慣れたカレンダーがあるだけだった。アヤが日本に来てから、一度だけ買い替えた本年度分のカレンダー。買い替えたのが、もう半年以上前になる。買い替える前の分と合わせると、今日でアヤはちょうど一年分のカレンダーを見た計算だった。

「あ……」

「一年前の今日、アヤはこのマンションに戻ってきたんだ。俺とアヤと、二人で暮らし始めてちょうど一年。本当に色んなことがあった」

大抵は、後ろ向きな記憶だった。

アヤと再会した当初、昇には娘に対して引け目しかなかった。これまで、ずっとほったらかしにしていたこと。五年もの間、一度も顔を合わせなかったこと。元妻とのやりとりがあったにせよ、アヤを気にすることに関して、昇は父親として十分に義務を果たしているとは言えなかった。

一緒に住み始めてからも、昇はアヤの気持ちをなかなか汲み取れずにいた。だからこそ、アヤは昇に対してほとんど口も利かなかったし、ひどい時は目も合わさなかった。

その中で、昇が「娘は凄い」と思ったのは、激変した暮らしの中、アヤが一度として自分の生活を投げ出さなかったことだ。不慣れな日本の学校にも黙って通学した。給食の件で何度か休みがちになったにせよ、朝起きて、学校に行って、帰宅すれば宿題もやった。

友達とも、ほとんど自力で仲良くなった。

「本当に心の強い子です」

とは、担任の福井先生が、電話で何度も繰り返し報告した内容だった。

アヤは異国の地で、たった一人で戦い続けてきたのだ。

母親を失ってすぐに。

その上、父親の無理解の元に。

「俺はアヤに謝りたいし、何度も心から後悔している。俺は全く駄目な父親だった。アヤがパリにいる時も、こっちに戻ってきてからのほとんどの時間も。それについては、これからも俺はいたらない父親だろう。ただ、謝る以上に俺はアヤのことを褒めたい。アヤが頑張ってきたこと、歯を食いしばって日本の生活に慣れようとしてくれたこと。友達に囲まれて、俺の姉夫婦とも上手くやって、俺が作った見当違いの料理も、こうやって食べるようになってくれた……そんなアヤのことを、俺は心から偉いと思ってる」

「私は」

「アヤ、ありがとう。こんな俺と、一年も一緒にいてくれて。一緒に暮らしてくれることを俺は心から嬉しいと思ってる。これは以前も言ったことだが……とにかく、ありがとう。こんなふうになれるなんて、俺は想像もしてなかった」

改めて、娘の顔を見る。

戸惑うように、照れたように、アヤは下を向いている。

プレゼントの包みを手渡して、昇はもう一度、言った。

「父さんと一緒にいてくれて、ありがとう」

自分のことをはっきり「父親」だと口にしたのは、たぶん六年ぶりのことだった。

別れの空港で、「パパ」と自称して以来。六年分の歳月を越えて、ようやく自分に「父親」の覚悟が生まれた瞬間だった。それは重い覚悟だし、同時に尊い。

包みを受け取って、アヤは口ごもるようだった。

「うん」と小さく口にする。よそよそしく左右に目をやるのは、次に言うべき言葉にアヤ自身が戸惑っているからだろう。

小さく笑って、昇は助け船を出すことにした。

「さあ。プレゼントを開けて」

「うん……」

戸惑いながら、長い指でリボンを解く。包みの下に箱があって、さらにその箱を開けると、中から出てきたのは真っ白なスニーカーだった。最近アヤは、背も足もますます大きくなっている。

スニーカーをしげしげと眺めて、アヤが最初に言ったのはこうだった。

「革靴だったら、もっと嬉しかったんだけど」

「それは、後で俺も考えた」

「抜けてるよね。だから、ママとも喧嘩になるんだ」

ぐうの音も出ない指摘をされて、昇はその場で仰《の》け反《ぞ》るしかなかった。父親の困り顔を、アヤはくすくすと嬉しそうに眺めている。

「靴屋で取り替えてくるか？」

「駄目。お店の人に迷惑でしょ？」

「それはそうだが……」

にっこりと、アヤが笑う。

「来年期待してるから。しっかりお願いね、パパ」

<初出>
本書は書き下ろしです。

◇◇メディアワークス文庫

父娘《おやこ》のおいしい食卓《しょくたく》

桑野《くわの》一弘《かずひろ》

2023年10月25日　初版発行

発行者　山下直久
発行　株式会社KADOKAWA
〒102 - 8177　東京都千代田区富士見2 - 13 - 3
0570-002-301（ナビダイヤル）
装丁者　渡辺宏一（有限会社ニイナナニイゴオ）
印刷　株式会社暁印刷
製本　株式会社暁印刷

●お問い合わせ
https://www.kadokawa.co.jp/（「お問い合わせ」へお進みください）
※内容によっては、お答えできない場合があります。
※サポートは日本国内のみとさせていただきます。
※Japanese text only

※定価はカバーに表示してあります。

Printed in Japan
ISBN978-4-04-915414-6 C0193

メディアワークス文庫　https://mwbunko.com/

本書に対するご意見、ご感想をお寄せください。

あて先
〒102-8177　東京都千代田区富士見2-13-3
メディアワークス文庫編集部
「桑野一弘先生」係

◇◇◇

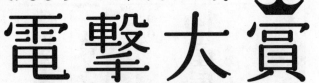